水晶宮の死神

田中芳樹

ミューザー良書倶楽部で働くニーダムは姪のメープルとともに、ロンドン郊外にある水晶宮を訪れる。世界中から集められた珍品が展示され、人でごった返す宮殿に突如悲鳴が響き渡った——袋づめの首なし死体がどこからか降ってきたのだ。死体は赤い文字で「死神」と書かれたボロ布を握りしめていた。折しも外では暴風雨が吹き荒れ、人々は水晶宮に閉じ込められてしまう。ガラス張りの密室の中、群衆を嘲笑うかのように増えていく首なし死体。そこに表れたカラスの仮面をつけた黒マントの男の正体とは？　ヴィクトリア朝怪奇冒険譚三部作、ついに完結。

エドモンド・ニーダム
物語の語り手。三十一歳。ミューザー良書倶楽部《セレクト・ライブラリー》の社員。クリミア戦争では騎兵として従軍、バラクラーヴァの激戦を闘い抜いた勇者。

メープル・コンウェイ
ニーダムの姪。十七歳。叔父とともにミューザー良書倶楽部で働いている。聡明でしっかり者の少女。

アン・ジョイス
コンウェイ家の隣家のメイド。ケチな雇い主から食事も与えられず、こき使われている。メープルに文字の書き方を教わる。

チャールズ・ラトウィッジ・ドジスン
（ルイス・キャロル）
オクスフォード大学、クライスト・チャーチ校の数学講師。世界でもっとも早い時期のアマチュア写真家の一人でもある。

ジェームズ・モリアーティ
ホームズ・アカデミーの学生。十三歳にして、大人顔負けの知性と落ち着きの持ち主。

チャールズ・ディケンズ
イギリスの作家。豪放磊落で面倒見がよい。小説家としてだけでなく、ジャーナリストや俳優としてもその才能を発揮している。

ウィッチャー警部
ロンドン警視庁《スコットランド・ヤード》を創立した一人。イギリスで最初の刑事。

死神《デス》
仮面をつけ黒いマントをまとった謎の怪人。

水晶宮の死神

田中芳樹

創元推理文庫

THE DEATH

OF THE CRYSTAL PALACE

by

Yoshiki Tanaka

2017

本文扉裏挿画＝後藤啓介

目次

水晶宮の死神

第一章

あやしい客の正体のこと
水晶宮に集う人々のこと

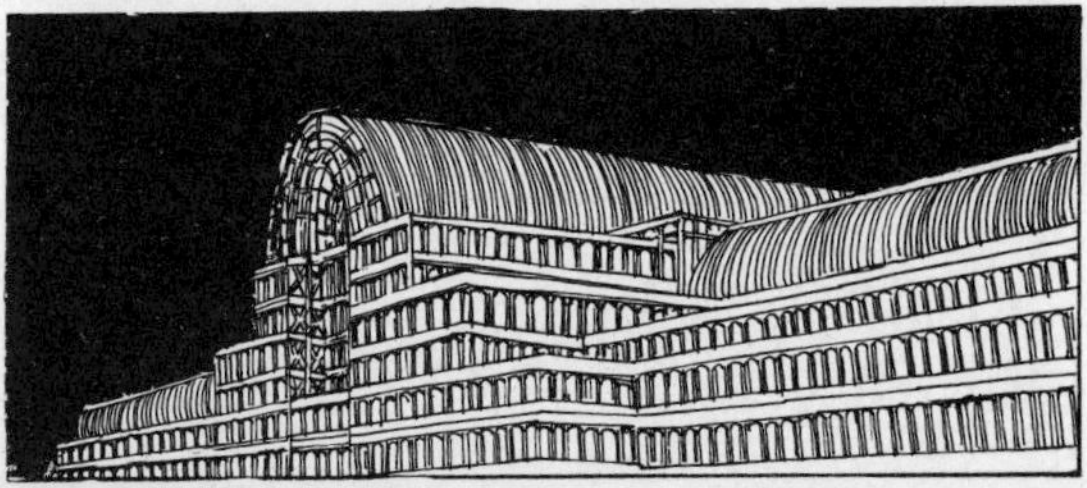

I

その男は最初からあやしかった。

年ごろは二十代半ばというところ。中背でやや痩せ型、容貌も服装もりっぱな紳士なのだが、黒い布でつつんだ箱らしきものを小脇にかかえ、おちつきのない目つきでミューザー良《セレ》書倶楽部《クト・ライブラリー》の店内を見まわしている。ときおり視線がとまると思うと、おさない子どもづれの女性客をじっと見つめ、その客がいなくなると我に返ったように周囲を見まわす。そしてまた別の、小さな子どもをつれた女性客に視線をすえるのだった。

カウンターで客に応対しながら、私はその男に対して注意をおこたらなかった。客がへってすこし余裕ができると、私は、女性客を相手にしていたメープルに声をかけた。

「あの男をどう思う、メープル?」

これだけで充分だった。メープルは私の姪だが、はっきりいって私よりずっと聡明なのである。うなずいて私にささやきを返した。

「ええ、おじさま、わたしも気になっていたの。見たところ感じのいい紳士なんだけど」

「しかし、あれじゃ婦女子の誘拐をたくらんでいる犯罪者にしか見えないよ。それも小さな子どもづれのご婦人をねらってる……」

メープルは小首をかしげた。

「わたしも最初そう思ったけど、すこしちがうみたい」

「というと？」

「小さな子どもといっても、女の子にかぎるのよ」

姪の指摘をたしかめるために、私は男をさらに観察した。メープルの正しさは、すぐに証明された。小さな男の子には、男はまるで目をくれないのだ。私は舌打ちした。

「幼女誘拐か。とんでもないやつだ。獲物を物色《ぶっしょく》してるんだな」

男はたしかに紳士に見えるが、上流階級ほど変質者が多い、というのはヴィクトリア朝の常識だ。

中年の女性客が、『放浪者メルモス』の第二巻と会員証を手にしてカウンターにやってきたので、メープルに対応をゆだねて、私はその場を離れた。慎重に男に近づき、左後方から声をかける。

「お客さま」

大きな声ではなかったが、男はぎょっとしたように振り向いた。美男子とまではいかないが、白皙《はくせき》の顔は、いかにも生まれ育ちがよさそうだ。ただ、気は弱そうで、私に答える声も何だかおどおどしている。

「な、な、何だい、ぼくに何か用？」

「お客さま、それはこちらが申しあげたいことでございまして。どのような本をお探しでしょうか。お聞かせ願えましたら、すぐにお探しいたしますが」

男は咳ばらいした。動揺を隠したかったようだが、成功しなかった。

「あ、本？　いや、本ね、ああ、いや、本はいいんです、本を探してるわけじゃないので……」

「すると当社の社員のだれかに、ご用がおありでしょうか。社長にご用でしたら、とりつがせていただきますが」

私が見すえると、男は気弱そうに視線をはずし、急にやや大きな声を出した。

「テ、テニスン先生……！」

「は？」

「テニスン先生ですよ。ほら、桂冠《けいかん》詩人のアルフレッド・テニスン先生、き、君も知ってるでしょう？」

「はい、もちろん存じあげておりますが」

「テ、テニスン先生は、この店にお見えになると、聞いたんだけど、そ、それはたしか？」

わがミューザー良書倶楽部《セレクト・ライブラリー》では、テニスンの詩集が刊行されるたびに大量に購入している。後年、『イノック・アーデン』が刊行されたときには、いちどに二千五百冊まとめて買いこんだくらいだ。当時テニスンはイギリス南岸のワイト島に住んでいたが、ロンドンに出てくると、たいていミューザー良書倶楽部に足を運び、社長と歓談していた。

「たしかに、ときおりお見えになりますが」

「い、いつ？　今度はいつ見えるんですか？」

「それはわかりかねます」

これは事実だが、わかったとしてもうかつに他人に教えたりしたら、テニスンに迷惑がかかる。まして、どこの何者がどんな目的でテニスンに対面したいのか不明なのだ。

男は溜息をついた。

「そ、そうか、こまったな」

「テニスン先生にご用がおありなのですね」

「そ、そうなんですよ、とてもだいじな用がね」

どんな用か、と尋ねようとしたとき、軽快な足音がして、私の横に立ったメープルが男に笑顔を向けた。

「あの、お客さまがテニスン先生にご用がおありでしたら、ご伝言をうけたまわっておくことはできると思います」

なぜか男は一歩しりぞき、あきらかに努力しながら声を発した。

「で、伝言？」

「はい、紙はこちらで用意いたしますから、ご用件とお名前をお書きいただけましたら、つ

ぎにテニスン先生がご来店くださったときに、それをお渡しできると思いますけど」

「うーん、で、でも、それだと時間がかかるな」

「お急ぎなのですか」

「ええ、まあ」

「お客さまのお名前は？」

「ド、ドジスン」

つりこまれたように、男は答えた。

「チャールズ・ラトウィッジ・ドジスンというんです」

「ドジスンさまですね」

「けっしてあやしい者じゃないですよ」

自分からそういったところを見ると、多少の自覚はあるらしい。黒い包みをだいじそうにかかえなおす。

「こ、これでもオクスフォード大学クライスト・チャーチ校の数学講師なんですから。あ、いや、自慢してるわけじゃないですよ。あやしい者じゃないってことを、わかってほしくて、身分を明かしてるんです。ね、あやしくないでしょ？」

オクスフォード大学の数学講師というのが事実なら、あやしいどころか、りっぱなものだ。しかし、この若さで？　よほどの秀才なのだろうか。

ちょうどそのとき、男と私との傍で声があがった。店にはいってきた青年紳士が、男の姿を見て歩み寄ってきたのだ。

「何だ、キャロル君、こんなところで何をしてるんだね」

ドジスンと名乗った男は、目に見えて狼狽した。かかえていた黒い包みを取り落とす。重く鈍い音がして、床の上で包みがほどけた。

ころがり出たのは四角い木の箱に丸い筒がついた物体だった。写真機だ。オットウィル・カメラと呼ばれる、当時の最新式の写真機である。

現在、この手稿《しゅこう》を書いている一九〇七年とちがって、そのころ写真も写真機も、きわめて珍しい代物《しろもの》だった。ことにオットウィル・カメラは、買えば十五ポンドもする高価なものだったのだ。上流家庭で働くメイドの一年分の給料にあたる。

男はあわててかがみこもうとしたが、私のほうが早かった。右手で写真機を、左手で黒い布を、同時にすくいあげたのだ。さいわい写真機は何の損傷も受けていなかった。

「あ、ありがとう。返してもらえるかな」

「もちろんお返しいたしますが、どちらのお客さまにお返しすればよろしいので?」

「ど、どちらって?」

「ドジスンさま? キャロルさま? どちらにでしょう」

私の目つきと口調に、ドジスンと名乗った男は、危険を感じたようだ。写真機をひったくって逃げ出したいように見えたが、決心がつかず、追いつめられた表情になる。

「まあまあ、ニーダム君、誤解しないでやってくれたまえ」

新来の客が口をはさんだ。顔なじみの人物だった。『トレイン』という月刊誌の編集長で、姓をイェイツという。名は私とおなじでエドモンドといった。

「この人は、ルイス・キャロルといってね。いや、それはペンネームで、本名はドジスンというんだ。ときどき、うちの雑誌に詩を寄稿してくれている」

「ルイスの綴りは、L・e・w・i・sです。L・o・u・i・sじゃなくて」

ルイス・キャロルことチャールズ・ラトウィッジ・ドジスンは、そう告げた。綴りに関して、こだわりがあるらしい。

さよう、私がこのときはじめて逢った人物は、『不思議の国のアリス』を刊行する八年前のルイス・キャロルであったのだ。

「たいへん失礼いたしました」

私は謝罪したが、それはルイス・キャロルが偽名を使うような人物だ、と誤認したことに対してである。あやしい人物ではなかったが、やっていることはあやしいままなのだ。

メープルがやさしく問いかけた。

「それで、キャロル先生は、テニスン先生にどのようなご用件がおありなのか、教えていただけます?」

「う、うん、じつはずっと前からテニスン先生の肖像写真を撮らせていただきたい、とお願いしているのだけど、なかなか承諾してくださらなくて……」

後に知ったことだが、ルイス・キャロルはイギリスで、いや世界でもっとも早い時期のアマチュア写真家のひとりだった。十五ポンドもする写真機を個人で買いこむくらいだから、熱の入れかたも半端ではなかったし、技術のほうもかなりレベルが高かったらしい。

「ああ、それで、当店でテニスン先生に直接お目にかかってお願いしたい、と、そうお考えになったのですね」

「そ、そうなのだよ。お嬢さん、君はとてもよく話がわかるね。世の中、君みたいな人ばかりだと楽なのだけどね」

キャロルはメープルを賞賛し、ついでに私にはうらめしそうな視線を向けた。自分は誤解された被害者だ、といいたげである。だが、彼はテニスンの迷惑もかえりみず待ち伏せしようとしていたのだから、被害者面されてもこまる。

Ⅱ

見かねたように、エドモンド・イェイツが助言した。

「キャロル君、キャロル君、きみ自身もミューザー良書倶楽部の会員なんだから、会員証を持っているだろう？　それを見せてあげたら、よけいな嫌疑から逃れられるんじゃないかね」

「え、え、か、会員証？　そうだそうだ、会員証を見せれば、い、いいんだ。それでいいだろ、君?」

「そうしていただければ、私ども、非常に助かります」

「よし、ちょっと待っててくれ」

私は待った。三分、五分、十分……一八五七年十一月十八日は、すこしずつ短くなっていく。周囲の人々が、さまざまな表情で見守るなか、ベストの内側にまで手をつっこんで悪戦苦闘したドジスンは、ついに叫んだ。

「あった!」

銀色の縁どりがついた緑色のカードを、片手で高々と振りかざす。周囲から拍手がおこらなかったのが不思議なほど、ポーズが決まっていた。

「まことに失礼いたしました」

私は深く顔をさげ、あとは謝罪の決まり文句を並べたが、ドジスンは怒らなかった。

「あ、ああ、も、もういいよ。ぼくの行動もすこし変に見、見られることが多いからね。気にしないでいいから。わかってくれればいいのだよ」

案外、というと失礼をかさねることになるが、キャロルは寛大で温和だった。善人にちがいなかった。一方で、「変に見える」ことも事実だった。

「では、ご自由に本をお選びください」

「あ? え、ああ、さっきいったろ、テニスン先生の写真を撮りに来たんだよ。テニスン先生はどこにいらっしゃるかな」

私、エドモンド・ニーダムは、ヨーロッパ最大の貸本屋の社員で、本は管理しているが、詩人は管理していない。

「ご存じでしょうが、テニスン先生は、ロンドンにお住まいになってませんよ」

「も、もろちん、し、知ってるよ」

前述のとおり、桂冠詩人アルフレッド・テニスンは、ロンドンの喧噪を逃れて、グレートブリテン本島の南に隣接するワイト島に居住していた。気候温和、風光明媚という保養地である。

用件があるときには、テニスンはロンドンに出て来る。ディケンズらの友人と交際し、本を買いこんだり借りたり、ハイド・パークを散策したりして帰っていく。そして、わがミューザー良書倶楽部《セレクト・ライブラリー》にも立ち寄るのだった。

「だからずっと待ってたんじゃないか。そうだ、忘れるところだった。結局、テニスン先生はいつごろお見えになるんだい？」

「今日、お見えになるとは、かぎりませんよ」

「明日も待つさ」

「明日もお見えになるとは……」

私の口調は、わずかに意地悪くなった。そこへ、私の姪で同僚でもある少女が口を出す。

「あのう、そもそもテニスン先生は、いまロンドンにいらっしゃいますの？」

メープルの声は、銃弾でも砲弾でもないはずだが、キャロルを動転させた。高価な写真機を、生まれたての赤ん坊みたいに胸に抱きしめて、一、二歩後退する。

「か、か、確認できたからこそ、こうしてやってきたのだよ。ぼくだって、ヒマをもてあましているわけじゃない。勉強しない学生を相手にチョークまみれの毎日を送ってるんだ」

　メープルに対しては何とか普通に対応できるようになったようだが、私に対しては、またもとの「あやしい男」にもどってしまうドジスン講師であった。その激変ぶりときたら、笑おうとしても笑えない、といったありさまだった。ロンドン警視庁《スコットランド・ヤード》の刑事が見ていたら、

「とりあえず、警視庁のほうで話を聴かせてもらおうか」

と告げたにちがいない。

　ルイス・キャロルことC・L・ドジスンにこれ以上、騒ぎをおこされては迷惑だ。私は形だけはていねいに申し出た。

「あの、何でしたら、どこか適当なホテルをご紹介いたしましょうか」

「いや、ホテルはもう予約してある！」

「お手まわしがよろしいことで」

「い、いや、今日ロンドンに出てきて、今日テニスン先生にお会いできるとは、思っていなかったしね。それぐらいの覚悟を持って、オクスフォードから出てきたのだよ」

　ドジスンは写真機を抱きしめた。

「それはけっこうですが、他のお客さまのご迷惑になるようなことがありましては……」

「め、迷惑なんかかけないよ、けっして」

メープルが私にささやいた。

「おじさま、そのくらいになさったら？　お客さまにはちがいないんだから」

「そうはいっても……」

「あのドジスンって方、すっかりおじさまを怖がってるわ。悪いことをする人には見えないし、もうすこしソフトに対応したほうがいいと思うけど……」

「悪いやつだとは思ってないよ。ただ、いかにもあやしいじゃないか」

不機嫌に、私は応えた。私のように温厚で礼儀ただしい人間が、なぜ理由もなく怖がられなければならないのか。幼児ならともかく、大の男に！　私はクリミア戦争に従軍し、フローレンス・ナイチンゲール女史の病院にはいっていたころには、看護婦たちから、「まずまずハンサムなんじゃないの」ていどのことはいわれていたのである。

いや、まあ、私のことはどうでもよい。C・L・ドジスンに店を出ていってもらうにはどうしたらよいのだろう。

「何かあったのかね」

聞き慣れた声がして、階段から血色のいい丸顔がのぞいた。ヨーロッパ一の貸本屋ミューザー良書倶楽部《セレクト・ライブラリー》の社長、つまり私たちのやとい主だ。私がなるべく要領よく説明しようとしたとき、写真機をかかえこんだ青年数学者が、半分ころがりながら階段の上り口に駆け寄った。意外なすばやさである。

「ぼ、ぼく、ドジスンといいます。キャロルでもいいです。テニスン先生の居場所を教えてください！」

「何だ、ミスター・テニスンなら、さっきから、わしの部屋におるよ」

社長の声に、何人かが飛びあがった。今度は私は危険人物のモーニングの袖をつかんで、暴走を阻止することに成功した。お客に対して非礼のきわみだが、緊急事態である。

「あの物置に、テニスン先生をお通ししたんですか⁉」

「そうだよ——って、物置とは何だね。だいじなお客を、社長室にお通しするのは、あたりまえだろうが」

「テニスン先生、テニスン先生、テニスン先生に会わせてください！　ああ、この機会を何百年待ったことか。いまこそ、ぼくの人生の夢がかなうのだ！」

「あなたがほんとうは何歳なのか存じませんが」

私はいやみをいってドジスンを引きとめた。

「テニスン先生のごつごうもうかがいませんと」

「ニーダム君、だれかね、その変な男は？」

「オクスフォードの講師だそうで」

「オクスフォード⁉」

社長は太い眉を上下させた。統一された人物像をイメージするのに、苦労しているようだ。

小声で私の耳にささやいた。

「当社《うち》の会員に、そんなのがいたかな」

「……いらしたようです。名簿で確認いたしました」

「そうか、それじゃ粗略《そりゃく》にもできんな……まあ、テニスンには迷惑だろうが、いちど顔あわせぐらいはさせてあげるとしようか」

こうして偉大な詩人と、偉大になる作家兼数学者は、初対面をはたした。このときテニスンは四十八歳、キャロルことドジスンは二十五歳である。ドジスンは甘美な夢に酔う乙女のように、頬を赤らめてテニスンにあいさつし、ぜひ写真を撮らせてくれるよう願い出た。

「写真……写真ね、うむ……」

あきらかにテニスンは迷惑そうだった。

写真を撮られること自体、好む人もいれば、好まない人もいる。私は後者だった。写真家に求められるまま、二時間も三時間も、凝然と、おなじポーズをとりつづけなくてはならないのだから。

ドジスンはテニスンの神威に打たれたかのように、雄弁に一変して、私やメープルをおどろかせた。

「テニスン先生の偉大な詩は、永遠に世界に遺《のこ》り、人々を感動させます。その偉大な作品も、偉大な作者あってこそ。作者の肖像も、原稿とともに、長く長く後世まで保存されなければなりません。ぜひぜひ、先生の肖像を遺すという名誉を、私にお与えください。このルイス・キャロル、いや、チャールズ・ラトウィッジ・ドジスン、生命《いのち》と魂のすべてをささげて、後世に恥じることのない写真を撮ってごらんにいれます！」

そこまで称揚《しょうよう》されると、テニスンも悪い気はしなかったろうが、理性はうしなわなかった。

「ありがたいが、私はいつも時間がとれる身ではないのだよ。ワイト島に帰らねばならんし」

「私は、テニスン先生のおいでになるところへなら、地の涯までも」

テニスンは一瞬、迷惑そうな表情をつくりかけたが、紳士らしく態度をととのえて、ドジスンをさとした。

「私には私の用があるし、君にもあるだろう。学生たちが待っているだろうし、オクスフォードへ帰ったほうがよくないかね」

正論であったが、あこがれの大詩人に対面したドジスンは、興奮を通りこして逆上していた。

「が、学生たちの写真なんか、撮るだけムダです。ぜひぜひ、テニスン先生の御姿を……」

「いや、べつに、学生たちの写真を撮れといっているわけではないよ」

テニスンも、かなり辟易《へきえき》してきたようすだった。

「わかった、いずれ、きちんと話をうかがおう。残念ながら、私はこの後にも人と会う約束がある。今日のところは失礼するよ」

「テニスン先生！　明日もお会いできますか⁉」

偉大な詩人は応えなかった。メープルを見やって、苦笑に似た表情をつくると、黒い帽子をかぶって、店の外へと歩み出した。

Ⅲ

テニスンとドジスンが帰った後、ミューザー良書倶楽部《セレクト・ライブラリー》は何やら深沈たる静寂におちこんだ。テニスンの存在感が大きかったのは当然として、ドジスンの声と姿が消えると、まるで、大砲を撃ちまくった軍艦が沈没したようで、あとには海水が渦を巻いている、といった印象だった。

「いやはや」

沈黙を破ったのは、私自身だった。

「何というか、その、ユニークなお人ですね。ミスター・イェイツのお知りあいだそうですが、どんなお人なのですか？」

イェイツも疲れたようすで応えた。

「じつは彼は十二歳以上の女性が怖いんだ」

「はい⁉」

「十二歳以上の女性が怖いんだよ」

「それはわかりましたが、なぜそんなことになったのです？　だいたい、十二歳未満なんて女性とは呼べないでしょう」

「まあ、そうだろうね。私だって呼ばないよ。だけど、私じゃなくキャロル君の問題だからね」

イェイツは肩をすくめた。

「何かとまずくありませんか」

「まずいよなあ」

十二歳未満の少女を好む、というのは何かと問題がある。犯罪に結びつかなくても、少女の親たちは警戒するだろう。

「ああ、ただ、キャロル君は、けっして反社会的な人間じゃないよ。礼儀正しくて、常識も教養もあるし、十二歳未満の女の子も、きちんとしたレディとしてあつかう。あれでけっこう、仲間内では冗談もいうし、機智にも富んでいて、よく私らを笑わせてくれるよ。誤解しないでやってくれないか。とてもいいやつなんだから」

イェイツの弁護を、私は頭から信用したわけではなかった。しかし、イェイツ自身はりっぱな紳士だったし、その彼が誠意をこめて弁護するのだから、キャロルだかドジスンだかは、それに値する人物なのだろう。

皮肉なことに、彼が十二歳以上の女性に関心がないとすれば、メープルの保護者である私としては、姪が剣呑な男に誘惑されるという心配はしなくていいわけだった。

仕事がすんで、私エドモンド・ニーダムと姪のメープルは帰宅の途についた。この時期、午後六時といえば、もうすっかり夜だ。おまけにじとじとと雨が降っている。私とメープルは大きな傘の下で肩を寄せあい、何度となく、馬車のはねとばす泥水をよけて跳びのいた。

「あーあ、どうして十月から十一月を飛ばしてすぐ十二月にならないのかしら」

「物事には順序というものがあるんだよ、お嬢さん」

私がからかうと、メープルは、わざとらしい溜息をついて私をにらんだ。

メープルのせいではないのだが、大の男に怖がられたのが事実だから、姪の心情がはなはだ傷つけられたのは確かだった。私としても、それ以上メープルをからかう気にはなれず、一方、ルイス・キャロルことドジスン講師に対しても、「こまった人だ」とは思うが、本気で怒るのもばかばかしい。

それにしても、テニスンが写真撮影を了承しなかったら、ドジスンは何度もミューザー良《セレ》書倶楽部《クト・ライブラリー》を来訪し、写真機をかかえてうろつくのだろうか。考えると、頭痛がしてきた。しがない中産階級《ロウアー・ミドル》に対する神の試練も、ほどほどにしていただきたい。クリミア戦争だけで、たくさんだ。

街は寒く、冷たい雨に閉ざされ、黄色っぽい煤煙が家々の屋根をつつみこむ。こんな日のロンドンは、とても世界帝国の首都とは思えない。道ゆく人はコートの襟をたて、陰気に黙りこくっている。声がすると思えば、酔っぱらいの罵声だし、音といえば石畳にかみつく馬車の車輪のうめきか、あわれな馬車馬にたたきつけられる鞭のひびきだ。

晴れた日に較《くら》べると、家に帰り着くまで、五割以上もよけいに時間がかかった。

玄関ホールにはいって、雨と泥水から解放されると、メープルが、溜息をついた。

「ねえ、おじさま、わたしたち何でロンドンが好きなのかしらね」

「そうだなあ、たぶん……」

「たぶん？」

「運命だね！」

他に返事しようがなかった。

マーサが精魂こめてつくってくれたポトフで、冷えきった身体を内側からあたため、一夜が明けると……。

休日が来た。

朝から暗くて寒くて、冷たい霧雨でも降っていたら、外出など考えもしなかっただろう。暖炉の前で、マーサご自慢のスコーンをかじりながら、本でも読んでいただろう。大長篇『吸血鬼ヴァーニー』なら、一年以上、時間つぶしになる。ブラム・ストーカーが、『ドラキュラ』を発表する、ちょうど四十年前である。

しかし、運命か神意か知る術《すべ》もないが、この日は、十一月であることが信じられないほどの好天だった。空は青く深く晴れわたり、日光には早春の気配すらただよっていた。冷たく湿った風はやんで、樹々の梢《こずえ》もおとなしい。昨夜の冷雨は悪夢かと思うばかり。

「お出かけ日和だなあ」

どこへいくあてもなかったが、新聞を片手に、私は大きくのびをした。私は三十一歳、メープルは十七歳だが、私が老境にはいる前に、貯金して、小さいながらも温室《コンサバトリー》を増築できればよいのだが……。

「おじさまに賛成！　今日はお出かけしましょう」

「おや、積極的だね」

「いきたいところがあるの」

「どこ？」

「水晶宮《クリスタル・パレス》よ」

メープルが、安っぽい半紙のチラシを差し出した。

『水晶宮にくりひろげられる東洋の神秘と魔術！　これを見ないと、あなたの人生は貧しくなるでしょう！』

「何だい、こりゃ。どこかでいつもやってる見世物じゃないか。演題《タイトル》からして、何の芸もない」

「それはそうだけど……」

「この写真の中国人やインド人も偽物だな。ほら、顔は黒いのに、耳と胸元は白い。あれだ、カラブー内親王事件をもっと安っぽくしたやつだぜ」

メープルはいささか機嫌をそこねた。

「承知の上だからいいじゃないの。このごろおじさま、ちょっと意地悪だわ。インチキ魔術を見なくてもいいのよ。ずいぶん水晶宮《クリスタル・パレス》にいってないから、ね、いきましょう」

水晶宮。

いまさら説明する必要もないようだが、一連の怪事件の舞台となった以上、後世の人々のために、いちおうの記述はしておかねばなるまい。私は中国の万里の長城《グレート・ウォール》も、インドのタージ・マハール廟《びょう》も見ることなく、この世を去るだろうが、水晶宮を何度も見た、というだけで、生まれてきた甲斐があったというものだ。

一八四四年のこと、フランスの首都パリで国際的な博覧会が開かれ、大成功をおさめた。フランス国内だけでなく、全ヨーロッパから老若男女が押しよせて、パリはヨーロッパの文化の中心にのしあがった。

フランスが成功すれば、イギリスはおもしろくない。逆もまた然《しか》りで、この両国関係がヨーロッパの歴史というものである。イギリス美術協会は、さっそく政府に意見書を提出して、パリにおとらぬ大博覧会をロンドンで開くよう訴《うった》えたが、政府は最初のうち、まったくとりあわなかった。当時はジョージ王朝の時代で、代々の国王がろくでなしばかり――失礼、紳士的に表現すると、あまり国民の人望がなかったし、人望がなくても平気だったのである。政府がしなければ民間でやってやろう、というのが、イギリス人の長所である。美術協会は一八四七年から毎年、イギリス国内の工芸品や発明品を集めて展示会を開くようになった。これが成功して、年ごとに「ロンドンでも博覧会を！」の声が大きくなっていった。

そのうち政府も、しだいにその気になりはじめた。

Ⅳ

決定的だったのは、一八四九年である。この年、またパリで博覧会が開かれた。五年前にまさる大成功で、ヨーロッパじゅうから見物客が押しよせ、会場では外国語が飛びかい、さながらパリが全ヨーロッパの首都にでもなったような賑やかさだった。

イギリスから訪問したヘンリー・コール氏は、そのありさまを見て感嘆するとともに、猛烈なライバル意識をそそられた。フランスなんぞに負けてたまるかい。彼は帰国すると、さっそく「世界最大の展示会」を開催する運動をはじめた。

コールは、いくつもの事業に成功をおさめた大富豪だったが、やたらと多才な人だった。郵便制度の改革、さまざまな雑誌の創刊と編集、紅茶セットのデザイン、歴史・建築・音楽の評論……画家としても童話作家としても名をなした。もっとも有名なのは、「クリスマス・カード」の発明だろう。彼がいなければ、世界のクリスマスは寂しいものになったにちがいない。

コール氏はヴィクトリア女王の夫君殿下《プリンス・コンソート》アルバート大公に謁見して、「万国博覧会」の開催を熱心に説いた。アルバート殿下は、しばらく考えた末に、力強く応えた。

「よろしい、やってみたまえ。やるからには、フランスには負けぬようにしてくれよ」

こうして、めでたく博覧会の開催は決定したが、さて、そうなると必要なのは広大な土地である。しかもロンドン市内に。コールは右に左に走りまわったあげく、ハイド・パークの南部を選んだ。そう、つまり、一八五七年に私とメープルが、なまいきなリスと対面したあたりである。

土地が決まれば、つぎは資金だ。アルバート殿下を王立委員会総裁にすえたものの、コールは、ケチな政府から一ペニーも出してもらうつもりはなかった。すべて民間人の手でやりとげるのだ！

何があったかを書いていけば、際限《きり》がない。アルバート殿下の感動的な名演説もあって、多くのイギリス国民がこの計画に賛同し、熱狂した。金持ちは金持ちなりに、貧しい人は貧しいなりに、募金箱にギニー金貨や二ペンス銅貨を押しこんだ。かくして、集まった寄金は総額二十三万ポンドに上る。

ついで博覧会の会場となる建物の建設が、問題となった。美術協会は会場のデザインを公募し、国の内外から二百四十五の設計図が応募されてきた。委員会では念には念をいれて、十五回の審査をおこなった。結論が出る――合格作品なし。

ひとさわぎ持ちあがったのは当然だが、そこに救世主があらわれた。ジョーゼフ・パクストン。「ヴィクトリアン・ドリーム」を体現する男だ。

田舎の貧しい農民の子として生まれた。義務教育制度がない時代だから、小学校にすら通っていない。だが、上流階級の屋敷ではたらきながら、独学で造園や建築を学び、一人前の庭師になった。二十一歳のとき、彼の才能と努力が、デボンシャー公爵の目にとまる。公爵にも、他人を見ぬく眼力があったのだろう。自分の広大な領主館《マナーハウス》の管理をまかせ、さらにはすべての館、荘園、領地をゆだねた。パクストンは、住居も庭も農地も工場も、設計し、施工し、管理することができた。もらった給与で鉄道会社の株を買い、やがて自分自身も大金持ちになった。

おもしろいのは、彼もディケンズと知りあいだったことである。ディケンズは自分の雑誌を創刊するため、パクストンを訪ねた。うまく話がすすんで、パクストンは新雑誌に二万五千ポンドも出資してくれた。ディケンズは新雑誌の編集長の椅子にすわり——十九日後にそれを放り出した。くわしくはわからないが、要するに、編集方針をめぐって大ゲンカしたのである。われらがディケンズ先生は、後世に遺る名作を書き、かつ有力者とケンカするためにこの世に生まれてきたのだ。探偵小説というあたらしいジャンルについても、ディケンズは、アメリカやフランスの作品を読んで、興味を持っていた。とにかく書くことが彼の人生であったのだ。

パクストンはついに水晶宮《クリスタル・パレス》を完成させた。一八五一年三月のことである。

「すごい！　すばらしい！　世界一の建築だ、大英帝国の誇りだ！」

手をたたいて絶賛したのは、パクストンと大ゲンカしたはずのディケンズであった。彼は水晶宮をほめたたえる記事を書き、パクストンを激賞した。

このあたりが、ディケンズが他人から憎まれない理由であったろう。文学上の宿敵サッカレーとも、死ぬ前に和解した。私たちにとって残念なのは、死ぬまでクリスチァン・アンデルセンと再会する機会がなかったことと、本格探偵小説『エドウィン・ドルードの失踪』が未完に終わったことだ。探偵小説という、誕生したばかりの若い分野《ジャンル》においては、ディケンズは後輩のウィルキー・コリンズに対して、子どもっぽいくらいの対抗意識を燃やしていた。

その後、水晶宮《クリスタル・パレス》は解体され、増改築の末、ロンドン東南郊外のシドナムに再建され、いまも一日四万人の客がおとずれている。

花火大会といえば、水晶宮の例年の名物行事だが、今年はとうにシーズンを過ぎている。だから、あやしげなイベントもおこなわれるわけだ。

「ほら、おじさま、このお天気、家のなかに引きこもるな、という天啓よ。出かけましょうよ」

「何だかインチキくさいなあ」

「最初から決めてかかるのは、科学的な態度とはいえなくてよ」

私はクリミア戦争に従軍して以来、何度も非科学的な体験をしてきたから、べつに科学的でなくてもよかったが、メープルの言葉に動かされた。

「かしこまりました、レディ・コンウェイ、今日は不肖、私めが、水晶宮へおともつかまつります」

「よろしい、妾《わらわ》は満足じゃ」

叔父と姪は顔を見あわせて笑ったが、メープルの表情がすこしくもった。

「天気の急変が心配ね」

「十一月のロンドンで、天気の心配をしたって、しかたないさ。それに、ありがたいことに、水晶宮には屋根がある。いったん屋内《なか》にはいったら、嵐だろうと雷が鳴ろうと、知ったことじゃない」

「そうね、それじゃさっそく仕度しなきゃ」

相談がまとまったとき、私たちは厨房のほうから聞こえてくる物音に気づいた。たがいに唇に人さし指をあてながら、こっそりドアの隙間からのぞいてみる。意外な光景がそこにあった。

ひとりの見知らぬ少女が、テーブルについて食事をしていたのだ。というより食物をむさぼり食っていた。十歳くらいで、小さく、痩せていて、顔色も悪い。食べるのに夢中で、私たちに気がつかないようだ。着ているのは寸法のあわない粗末な灰色のメイド服。テーブルの上には、パン、ハム、チーズ、リンゴなどの欠片《かけら》が散らばっている。いまはタマネギとベーコンのシチューをむさぼっているところだったが、メイドのマーサがはいってきて、状況が一変した。

「マーサ、その子は?」

「あ、逃げなくていいのよ」

マーサが私の問いに答えるより早く、女の子は厨房の出入口から逃げ出そうとしたが、メープルは羽のない天使のように跳んで、出入口の前をふさいだ。

おびえたように、女の子はマーサのエプロンにしがみつく。マーサは女の子の頭を抱いてやりながら、私たちに頭をさげた。

「かってなことをして申しわけございません。お叱りは受けます。じつは、この子、昨夜から何も食べてないんでございますよ」

「何も食べてないって⁉」

私とメープルは異口同音に叫んだ。少女の姿が、マーサの証言の正しさを証明していた。

「ええ、お隣のミセス・カニンガムのお宅のメイドなんです。つい先月、メイドが辞めたので代わりに……まったく、メイドに給料も払えないくらい困ってるなら、やとわなきゃいいんですよ。それなのに見栄はって……」

「給料もよこさないのか」

「まあ、わざとではないんでしょうけどねえ。このままじゃ、あの鬼婆《ナスティ・オールド・ウーマン》より先に、この子のほうが死んじゃいますよ」

メープルはただちに判断を下した。

「マーサ、この子に好きなだけパンもスープもあげて。それから、帰るときには、ありったけ生姜パン《ジンジャーブレッド》やビスケットも持たせてあげてね」

「もちろん、そういたしますとも」

メープルはしゃがんで少女と目をあわせた。

「いい？　これからいつでも、お腹がすいたら、我家《うち》に来るのよ。手がこんなに荒れてるから、クリームをあげる。夜、寝る前に塗りなさいね」

少女は素直にうなずいたが、笑顔はなかった。

このような境遇の人間が、老若男女を問わず、大英帝国の首都には何百万人いることだろう。そのすべてを救うことは、私たちには不可能だ。せいぜい、隣家のおさないメイドに食事を分けてやるぐらいのことしかできない。それでも、何もしないよりはましだろう……たぶん。

マーサが少女をふたたび厨房へつれていった後、私とメープルは居間へもどった。

「鬼婆なんて言葉を使ったのはよくないが、ミセス・カニンガムもひどいものだな」

「給料も払ってないみたいね」

貧しい人々を救済しようとして自分の財産をすべて投げ出した富豪ロバート・オーウェン氏は、結局、失敗して世をすてていた。この物語の翌年、一八五八年に八十七歳で亡くなる。一方、学生や宗教家たちが福祉や教育に身をささげるセツルメント運動がはじまるのは、一八八四年のことだ。まだまだ、福祉などという観念はなくて、貧しい人々は繁栄と国威の蔭に放り出しておかれる。そんな時代だった。

V

ロンドンから南西へ、約七マイル。天候がよくて体力に余裕があれば、歩いてもよいくらいだ。ただし、最良の季節からは、ちょうど半年。途中で氷雨にでも見舞われたら、目もあてられない。のんびり小一時間、列車にゆられていくのが最善だった。

車窓の外には、十一月とは思えない南イングランドの田園が、おだやかに展《ひろ》がっている。緑はめったに見えないが、それも気にならないほどだ。

最初、車室《コンパートメント》内で、私もメープルも口数がすくなかった。隣家の小さなメイドの姿が脳裏からはなれず、自分たちがひどい贅沢をしているような気分がしていたのだ。

しかし、自分たちが陰気にしていても、小さなメイドが幸せになるわけではない。自分たちは天恵を愉しんで、小さなメイドにはこれからできるだけのことをしてやろう。そう話がまとまって、私たちは気分を切りかえた。

ちなみに、水晶宮《クリスタル・パレス》には、ブライトン鉄道と、ロンドン・チャタム・ドーバー鉄道が乗り入れていた。

どちらの駅にも、ミューザー良書倶楽部《セレクト・ライブラリー》の支店がなかったが、これは当然のこと、車内で本を読む時間もない。

楽しい旅は、たちまち終わって、列車は南イングランドの小さな駅に到着した。駅は小さいが、降りる人の数は多い。三年五カ月前の移転式にあたっては、四万人の群衆がロンドン内外から集まったのである――そのころ私は、ナイチンゲール女史の病院で、戦友たちと枕をならべながら、無能な陸軍上層部《おえらがた》に対する怒りと呪いを全身にみなぎらせていたのだが。

水晶宮は、ただ単に移転しただけでない。パクストンは、万国博覧会のときにはさまざまな事情で実現できなかった夢を、すべてそそぎこんだのだ。

入場券を求める列にならんでいると、二、三人前方の大男をさして、メープルがささやいた。

「あの人、アメリカ人ね」

「どうしてわかったんだい？」

「だって、ビスケットのことをクッキーっていってたわ」

「なるほど」

大西洋の東側では、新興のアメリカ合衆国が、すさまじい勢いで発展をとげている。労働力がたりないので、アフリカから奴隷をつれてきて。わがイギリスにも奴隷制度があったから、あまりえらそうなことはいえないが、「自由と平等の共和国」と自称するからには、人身売買は禁じて然《しか》るべきだろう。

そのとき、私は、ルイス・キャロルことドジスンの存在に気づいた。いや、逆だ。ドジスンのほうが私とメープルを見つけて、「あっ」と声を出したので、こちらも気づいたという次第だった。彼がだまって姿を消せば、こちらは気づかなかったろうに。どう表現しても、変な人である。

「これはこれは、ドジスン先生、水晶宮《クリスタル・パレス》にいらっしゃるとは」

「水晶宮に来るのは、ぼくの自由じゃないか」

「いえ、ドジスン教授の講義を愉しみにしている学生たちが、かわいそうだなと思ったものですから」

「教授が不在だからといって、自分で勉強しないような学生は、オクスフォードには必要ないね。第一、今日は休日だよ！」

ああ、そうだった。

メープルが問いかけた。

「ドジスン先生が、今日も写真機を持っていらっしゃるということは、テニスン先生もおいでなのでしょうか？」

「あ、あ、いやいやいや、今日はテニスン先生とは関係ないんだ。昨日はああいったが、毎日、追いまわすようなことになっては失礼だからね。ぼくは常識家なんだよ。偏見はごめんこうむりたいな」

ドジスンのようすを見ていると、今日の被写体はどうやら「十二歳未満のレディたち」のようだった。なるほど、そういうことか。

私が見ていると、ドジスンは、近くの五人づれの家族のところへ飛んでいき、帽子をぬいでうやうやしくあいさつすると、何やら熱弁をふるいはじめた。四十歳ぐらいの父親、三十二、三歳の母親、そして三人の子どもたち。ふたりは男の子だったが、ひとりは八歳ぐらいの女の子で、亜麻色の髪につばの広い帽子をかぶり、サーモンピンクの服を着て、生まれたばかりの天使のように愛らしかった――ふたたび、なるほどね、である。

女の子の両親は、機嫌よくドジスンと会話をかわしはじめた。どうやら今日はうまくいきそうだな、と思っていると、強く左袖を引っぱられた。メープルが、かるく私をにらんでいる。

「おじさま、ミスター・ドジスンを見物にいらしたんじゃないでしょ」

「ああ、ごめんごめん」

私とメープルは、二百エーカーにのぼる広大な丘陵地を歩んで、あたらしい水晶宮へと向かった。

パクストンが私財まで投じて実現させた夢のひとつは、水晶宮を世界一の大温室にすることだった。そこに世界中からめずらしい植物を集め、古美術品とともに展示するのだ。もうひとつの夢は、フランスのベルサイユ宮殿に匹敵する巨大な噴水をつくることだった。建物の両側に、一千五百七十六トンもの水をたくわえることのできる給水塔が増築され、地上二百八十四フィート、つまり人間五十人分の高さの塔がそびえることになった。

ひとり一シリングの入場料を払って屋内へはいる。中央の大廊下は、長さ三百八十四フィート、幅が百二十八フィート、天井までの高さは、五階分が吹きぬけになっており、百六十八フィート。「廊下」とはよくいったものだ。私たちの家が何軒はいることだろう。

はじめて来たわけではないが、まだとても水晶宮《クリスタル・パレス》の全容を見てはいない。あやしげな東洋魔術がはじまる前に、見ておきたい場所はいくらでもあった。

入場して、クロークにコート類をあずけた。何しろ「世界最大の温室」だから暖かく、熱帯や亜熱帯の植物であふれている。

「とにかく、屋根があるのは、ありがたいな」

私は上着の袖をはたきながら、頭上百八フィートの袖廊《トランセプト》を見あげた。そこも、手摺《てすり》からあふれんばかりの人の波である。子どもが一階の床に落っこちてくるのではないかと、本気で心配になる。きらわれ者の十一月が、必死になって、ロンドン市民に好かれようと努力しているような気もしてくる。

メープルの声がはずんだ。

「何度見てもすばらしいわね、あの大噴水」

「ああ、異議なし」

水晶噴水。それは何と四トンものクリスタル・ガラスで造られている。上中下三段階の噴水盤から、滝のように水が噴き出し、その高さは二十七フィートにおよぶ。ベルサイユ宮殿をつくったフランス国王ルイ十四世に、見せてやりたいものである。これは国王の権力によってつくられたのではなく、パクストンから貧しい労働者たちにいたる、民間人の協力によってつくられたのだ。

「おじさま、わたし、エジプト部門を見てみたいわ」

「私はバビロンから見たいな」

何しろ、この広大さ、多彩さである。うろうろしていると、ほんの一部分しか見られない。それに奇術や曲馬団《サーカス》もあるのだ。

「うわ、端から端だな。往復するだけで小一時間かかるぞ」

「おじさま、ここは外交的譲歩」

「どうするんだ」

「今日のところは、まずエジプト。つぎの気候のいいときにバビロニアにするの。いかが?」

私が返事をする前に、大廊下の一角でたてつづけに物音がおこった。最初は何か重くやわらかいものが、床に激突する音。何かが上方から落ちてきたのだ。つづいて、ご婦人の壮烈というべき絶叫である。

私たちのいた位置から、二十ヤードと離れていない。好奇心と双子で生まれてきたようなメープルは、私の手をつかむなり突進して、群衆の間をすりぬけた。人々の輪のなかに、人間ほどの大きさをしたサイザル麻の袋がころがっていた。

「何て趣味の悪い」

とあるご婦人が、軽蔑の鼻息を鳴らした。

「こんなえげつない代物は、マダム・タッソーの蠟人形館《ワックス・ミュージアム》にでも飾っておけばいいのよ。

あのフランス女なら、きっと大喜びで、引きとるでしょうよ！」

笑い声がおこった。一八五〇年に亡くなったマダム・マリー・タッソーはフランス出身で、国王ルイ十六世の美術教師をしていたが、大革命のときにイギリスへ亡命し、蠟人形館をつくって大成功したのだ。

袋の口から、血の気のない右手が半分、飛び出している。蠟人形なのだろうか。

「待て待て、ちょっとよく見せてくれ、よけてよけて」

そういって、奇態な袋の傍にしゃがみこんだのは、私たちの知人だった。

「ウィッチャー警部だわ、おじさま」

「休日なのに、何かの警護かな」

いずれにせよ、よく知人に遇う日である。ウィッチャー警部は、袋の口をすこし開いて、右手を引き出した。数秒の沈黙につづいて、彼は立ちあがり、冷静な口調で告げた。

「淑女および紳士《レディース・アンド・ジェントルメン》の皆さん、私は不吉な報告をする義務を、はたさなくてはなりません」

私は眉をしかめただろう。クリミアの戦場でマヒするほど嗅ぎなれた臭気を感じたからだ。

「これは蠟人形ではありません。人間です。真物《ほんもの》の死体なのであります！」

一瞬の間をおいて、ガラスの宮殿の内部でも、嵐が巻きおこった。殺人だ、どういうことだ、だれが殺した、だれが殺された、とんでもないショータイムだ……。

警棒を手にした制服巡査が二名、息を切らしながら駆けつけてきた。これは水晶宮《クリスタル・パレス》を警備する人たちだろう。ウィッチャー警部は身分を名乗り、死体を袋から引き出すよう命じた。

「人相をたしかめろ！」

「無理です」

「なに、何で無理なんだ⁉」

ウィッチャー警部の詰問に対する巡査の返答を、私は神に召される日まで、忘れることはないだろう。

「首がありません」

第二章

不思議な少年の登場のこと
騒動と恐怖が拡大すること

I

「うッ……！」

吐きそうな声をあげたのは、だれかわからない。私ではなかった。私は声を出すこともできず、開かれた袋の口を凝視した。

死者は私と同様の、しがない中産階級《ロウアー・ミドル》らしい。服は血と粘液にまみれ、顔と身長は不明だった。あたりまえだ、首がないのだから。

ああ、私はそういう死体を、ほんの四、五年前にクリミアで見たことがある。いくつもいくつも、地の涯まで列《なら》べられていた……。

「切断されたのではない」

ウィッチャー警部がうなった。

「引きちぎられたんだ……」

制服の巡査たちが、恐怖と嫌悪のうめき声をあげた。ひとりが蒼白な顔で口をおさえ、背中を向ける。

それが、まともな反応というものだった。私がそうならなかったのは、クリミアの戦場で私にとりついた情感のマヒが、よみがえったからかもしれない。バラクラーヴァの突撃、セバストポール要塞の攻防。サーベルでなかば両断されたロシア兵の首。銃剣につらぬかれたイギリス兵の胸。蛆《うじ》のわいた不良品の缶詰を地面にたたきつけるフランス兵……。

ウィッチャー警部は、首なし死体の右手に何かがつかまれているのに気づくと、ひと呼吸してからそれを取りあげた。ボロ布のかたまりだった。そのボロ布には赤く書かれた文字があって、何とか「死神《デス》」と読めた。

「警察は何をしてるんだ？」

「ほんとに、だいじょうぶかい⁉」

疑いをたっぷりふくんだ声がおこった。

イギリスでは、まだまだ警察に対する信頼度も敬意もうすい。「切り裂きジャック」事件はまだ後年のことだが、そもそもイギリス人は役人をあまり信用していない。「ハイド・パークの大暴動」がいい例で、

「警察なんて権力者が市民を弾圧するための道具だ」

と思っている人が多いのだ。こう書いている私にしたところで、ウィッチャー警部のように個人的に尊敬している相手はいるが、とても無条件で警察全体を信用する気にはなれない。

だからこそ、ウィッチャー警部としては、警察の威信と名誉にかけて、この奇怪な事件を解

決せねばならなかった。

水晶宮《クリスタル・パレス》の内部には、新聞記者が何人もいる。彼らだって、一市民として家族づれで観光名所をおとずれるわけだが、こんな事件の現場にいあわせた以上、家族を放り出して取材に飛んでいくのは当然だった。それが新聞記者というものだ。私は旧軍人であり、旧記者でもあるから、よくわかるつもりである。

「いったい、なぜこんなことがおきたんです⁉」

「犯人に心あたりはありますか⁉」

「お客たちは足どめするんですか？　出ていく人たちがいますよ」

その声で私も気づいたのだが、出入口へ向けて急ぎ足で進んでいく男女がいる。これはこれで当然のことだ。とくに家族づれで、残虐な殺人の現場にいつまでも残っていたいと思う人はすくないだろう。ただ、彼らのなかに犯人がまぎれこんでいるとすれば、問題はややこしくなる。まんまと逃げられたりしたら、いい恥さらしだ。

イギリスの天候は変わりやすい。まして、「意地悪な十一月」だ。それでも、これほどの急変は私の人生で記憶になかった。

日光とその反射で、水晶宮の内部は、まさに光の宮殿だった。それがいきなり暗くなったのだ。見あげると、厚いガラスの天井をとおして、雲の波が青空をものすごい速さと勢いで侵掠《しんりゃく》していく。白い雲は灰色の雲に追われ、灰色の雲は黒い雲に追われて、たちまち夜さながらの空になった。かと思うと、雲のあちらこちらから銀色の大蛇が伸びて、地に喰《くら》いつく。

炸裂する雷鳴が、耳と心臓にとどろきわたった。

メープルは、悲鳴こそあげなかったものの、両手で私にしがみついた。そのとき。

「何だ、君たちは、さっきのミューザーの店の……」

いかにも不愉快そうな声がして、作家ルイス・キャロルことオクスフォード大学のドジスン講師が私たちを近くから見やった。何度も私たちに遭《あ》いたくなかったのだろう。だったら、だまっていればよかっただろうに。

「まだいらしたんですか」

「いたら悪いのかい」

ドジスン講師は頬をふくらませた。

「……いえ、もうご用をすませてお帰りになったものと思っておりました」

「冗談じゃない。そう簡単に用がすむわけないだろ。おめおめと帰れるもんか」

「ですが、ここには危険な殺人犯が……」

「ふん、君は知らないだろうけど、あのていどの怪物、オクスフォードには、うようよいるんだぞ。ん、何だ、その目つきは？　信じてないな」

「いえ、信じております」

ドジスンみたいな教師が実在するのだから、もっと変人奇人がオクスフォードにあふれていても、べつに不思議ではない。しかし、現時点のシドナムは、オクスフォードより恐ろしい場所になっていた。

ウィッチャー警部が周囲の男女を見まわして、大きな声で強く指示した。

「なるべく、ひとりにならないでください。すくなくとも四、五人以上で、いっしょに行動すること。でないと、身の安全は保証できませんぞ」

すると、豊かな中産階級《アッパー・ミドル》らしい女性が声を張りあげた。

「わたくしたち、夫婦ふたりだけで参りましたのよ。どうしろとおっしゃるの？」

「奥さま、できましたら、他の方たちともいっしょになって……」

「冗談も、ほどほどになさって。見ず知らずの他人と、いっしょにいるほうが、よっぽど危険じゃございませんの。まして、労働者階級や外国人が多勢いる……」

婦人は口をとざした。怒りに満ちたけわしい視線が集中するのに気づいたのだ。彼女は水晶宮《クリスタル・パレス》の内部にいる男女の半数を敵にまわしてしまった。

ところがそこに味方が出現したのだ。私とメープルが絶句するなか、ステッキを突きながら登場した老人は、何と悪名高いウォルド・シブソープ下院議員だった。

「レディのいうとおりじゃ」

シブソープ議員の顔は、悪魔にとりつかれた山羊《やぎ》のように見えた。もともと顔が長く、アゴヒゲをはやし、痩《や》せこけて頬もけずられたような容貌なのだ。

「では、いったいどうしろと？」

「外国人、とくに有色人種は外へ追い出せ。労働者階級のやつらは、一カ所に集めて厳重に監視するんじゃ。それで、すこしは安全になろうわい」

これが「イギリス紳士」の言種《いいぐさ》だった。

「本気でおっしゃっているのですか」

ウィッチャー警部はシブソープ議員より低い階級の出身だが、彼のほうがよほど紳士らしく見える。男は紳士として生まれるのではなく、紳士になるのだ。

「わしは、いつも本気だ。いや、心の底から真摯《しんし》に祖国のことを考えておる」

「よく存じております」

誠実な人物が、やむをえず虚言《うそ》をつかねばならない場面は、見ているほうもつらいものだ。

「あらためていうが、犯人は外国人にきまっとる！」

シブソープ議員は咆《ほ》えた。

「フランス人やオランダ人ならまだしも、インド人だの中国人だの、肌の色のちがうやつらが、わが国に疫病や悪習を持ちこんで来おる！　大英帝国の栄光を汚し、堕落させようとしておるのだ！」

「シブソープ議員閣下、どうか、混乱をまねくようなお言葉はつつしんでください」

「いや、こうなったら、そこにもここにもおるだろう、肌の色のちがうやつらが。そいつらをまとめて、不法入国者として差し出せ。美しいイギリスを守るためじゃ」

この男だけは犯人に殺されても同情する必要はない。おそわれても、助けなくてかまわない。私はそう決心した。そもそも、水晶宮《クリスタル・パレス》が建てられるとき、議会で大演説をして反対し、いろいろと妨害までしたのに、見物に来るとは、あつかましいにもほどがある。

メープルがつぶやいた。

「地獄に堕ちろ《ゴー・ツー・ヘル》、シブソープ」

私の敬愛するグラッドストーンとシブソープとでは、人間としても、イギリス国民としても、政治家としても、格調がちがいすぎた。この両者を、どちらも議員に選ぶのが、イギリス人なのだ。私は、シブソープ議員当人よりも、おもしろがって彼に投票する有権者たちに対して、激しい怒りをおぼえた。

せっかく世界に誇るデモクラシーを手にしているのに、たいせつな権利を玩具《おもちゃ》にしている。それは自分自身を侮辱することなのに、彼らは気づかないのだ。

「もーう、我慢できない」

私の傍で、若い女性の声がした。いうまでもなく、メープルである。声こそヒバリのさえずりのようだが、台詞《せりふ》はタカより烈《はげ》しい。

「誠意をもってなぐりつけて、外へ放り出してやる。あいつが地獄へ堕ちることこそ、イギリスのためよ！」

彼女が宣告したとき、またしても大声が飛びかい、人波が揺れた。ウィッチャー警部は目に見えて緊張したが、今回の騒ぎは、人ごみのなかでよくある類《たぐい》のものだった。

「ドロボウ！　スリ！」

「あいつだ、あいつだ、あの男が、私の妻のバッグをひったくっていったんだ！　つかまえてくれ！」

紳士の足もとには、着飾った中年のご婦人が、ヴィクトリア朝式に礼儀ただしく失神していた。おとものメイドらしい同年代の女性が、「奥さま奥さま」と連呼しながら、ハンカチで女主人の顔をあおいでいる。

群衆が興奮の叫びをあげた。

Ⅱ

「叫喚追跡《クライング・チャーズ》」。それはイギリス独得の旧《ふる》い社会風習である。一八五七年当時にも、まだ存続していた。たとえば街角で「スリだあ！」という叫びがおこると、通りすがりの人々が、みんな「スリだあ！」と叫びながら、逃げる犯人を追いかけ、追いつめ、つかまえるのだ。

「そっちへ逃げたぞ！」

「追え！」

「追いつめろ！」

興奮というより、逆上のレベルに達している。「叫喚追跡」の典型だ。首のない死体や突然の嵐に対する不安が、悪い形で爆発して、小悪党を追いつめることで、より大きな問題から目をそらそうとしていた。

「やめなさい、やめんか、やめろ！」

警官たちの怒号も、群衆の叫びにのみこまれてしまう。人数がちがいすぎる。このままだと、群衆につかまったスリは、私刑《リンチ》にかけられかねない。

フランスにはこのような伝統はなく、だからこそ警察制度が発達したのだ、という説もある。群衆にさんざんなぐられたあげく、警察に引き渡される犯人の姿は、しばしば哀れをもよおす。とくに、貧困のゆえに他人の金品を盗むような者は、最初から貧しい服装をしているから、よけいそう思える。ところがこの日の犯人は、なかなかしたたかだった。

「あのやろう、ナイフを持ってやがる！」

「気をつけろ、じわじわと包囲するんだ」

「いや、何か投げつけろ。そこらに適当なものがあるだろ」

適当なものといえば、群衆の周囲に陳列された壺やら彫像やらである。逆上しきった人々は、本物の貴重な美術品や工芸品をつかんで、小悪党に投げつけるかもしれない。しかし、さすがにそこまで見境のない者はおらず、投げつけられたのは、ステッキや革の袋だった。

スリの男は、快足を飛ばして逃げまわっていたが、通路を半ばふさぐ形でベンチにすわりこんでいる人影にぶつかりそうになってどなった。

「どきやがれ、孺子《こぞう》！　でないと痛い目にあうぜ」

「孺子」は、どかなかった。読んでいた本を閉じると、ゆっくり立ちあがる。まともにスリを見すえた両眼には、動揺の色など砂糖粒ほどもなかった。「おちつきはらう」という以上のもの——冷然と対手《あいて》を見下す覇王のおもむきすら感じられた。

「あぶない、よけろ！」

そう叫んだ私は、つぎの瞬間、信じがたい光景を見た。「孺子」と呼ばれたのは、鳥打ち帽をかぶった背の高い少年だった。その少年が、おどろくべき速さで動いたのだ。

「うわあッ」と叫んだのはスリの男。

「ひゃあッ」と叫んだのはC・L・ドジスン。

スリの男が叫んだ理由はわかる。少年が彼のナイフを持った手首をつかみ、背中へねじまげると、自分の身体を半回転させて、男を空中高く投げ飛ばしたのだ。男は口を二倍の大きさにして絶叫しながら、床にたたきつけられた。手からナイフが飛んで、床の上でむなしく回転する。

一方、ドジスンの悲鳴はというと、どうにも間の悪い人で、写真機を持ったまま人波に押されて、スリの男の前に押し出されたのだった。少年がスリを投げ飛ばさなかったら、刃で脇腹をえぐられていたかもしれない。

さて、少年は十五歳くらいで、背が高く、痩せ型だが繊弱《せんじゃく》には見えなかった。筋肉は引きしまり、力強さと俊敏さを兼ねそなえているようだ。額は広く、やや前方に突き出し、両眼はくぼんでいたが、眼光は鋭く、少年らしからぬ迫力と威圧感に満ちていた。

要するに、美少年ではなかったが、印象的な少年で、ただならぬ非凡さを感じさせた。

ドジスンは少年に生命を救われたといってよいが、巻きぞえをくった、といえないこともなかった。スリの男は宙を飛ぶ寸前に、両手両足を振りまわして、ドジスンの背中を蹴とばしたのである。

ドジスンは写真機を抱いたまま、もんどりうって床に落下した。さいわい、身体を丸めていたので、それほど強い衝撃は受けなかったようだ。それでもへたりこんで茫然としているので、少年が歩み寄り、オクスフォードの若い数学講師を立たせて、自分の背中にかついだ。

「あ、あ、ありがとう。君はいい子だ。い、生命《いのち》の恩人だよ」

「お礼の必要はありませんよ。あなたが走りまわると、じゃまでしようがない。ぼくの背中でおとなしくしていてください」

感謝の言葉に、冷然と応じると、少年は、危なげのない足どりで進んでいく。痩せてはいるが、骨格はたくましく、動きはしなやかで力感に満ちていた。

「こいつ、ケンカも強いだろうな」

そう思ったが、「だろう」どころではない。私の眼前で、ナイフを持った大の男を、白手《すで》で投げ飛ばしてみせたのだ。底知れない少年だ、と思ったとき、ウィッチャー警部が、めずらしく息を切らしながら駆けつけてきた。

「君、そこの少年」

呼びかけられた少年が、不機嫌そうに足をとめる。

「見ていたぞ、たいしたものだ。君の名前は？」

「ジェームズ・モリアーティ」

「もうすこし詳しく」

「アイルランドのゴールウェイ出身。ホームズ・アカデミー在学中。父親は法廷弁護士、年齢は十三」

「りっぱな素姓じゃないか」

「形だけはね」

ジェームズ・モリアーティ少年の声には、平凡ではないものがあった。いやらしい、とか、毒々しくて不快だ、というのではないが、一言一言、こちらの反応を試しているような感じがする。実年齢は十三歳、容姿や体格は十五、六歳、頭脳はおそらく二十歳以上だろう。

「さて、もういいでしょう」

ジェームズ少年は、せおっていたドジスンを、そっけなく床に放り出した。親切なのか無情なのか、よくわからない。私とメープルは、とりあえず、へたりこんで泣きっ面のドジスンを助けおこしつつ、ささやきあった。

「あの子、アイルランド出身なのね」

「カトリックかな」

たいして考えもせずに、私はいった。私はイングランド人で、イギリス国教会だ。はなはだ不信心だが。

「スコットランド人にいわせれば、イングランドは強盗と詐欺師の国だそうだが……」

「あら、簒奪者《さんだつ》と弑逆者《しいぎゃく》だって、何人もいるわよ」

「首を斬られた女王さま」

「兄弟そろって窒息死させられた王子さま」

私たちは笑いあったが、笑っている場合ではなかった。

ジェームズ少年に床にたたきつけられたスリの男は、どうなっていたか。

スリをはたらいた男は、暗い表情を顔に貼りつけ、うなだれて警官たちにかこまれていた。

貧しげな服装といい、弱々しい眼光といい、大英帝国の栄光の欠片もない。

ふと気づくと、ジェームズ少年が私の横に立っていて、むっつりと問いかけてきた。

「あの男は、どうなるんです、ミスター……？」

「ニーダムだ、よろしく。そうだな、まあ、裁判を受けて、オーストラリア送りだろうな」

ごく常識的な意見を、私が述べると、ジェームズは皮肉な笑みを薄い唇にたたえた。

「この世の地獄、ポート・アーサー監獄ですか」

「他にも監獄はあるさ」

私の声は、やや陰気になった。オーストラリアで死去した次姉《じし》夫婦のことを想い出したからだ。すると、犯罪者ではあっても、男の運命に対して胸の痛みをおぼえた。

Ⅲ

私とならんで、スリの男をながめやっていたジェームズ・モリアーティ少年が、ふいに舌打ちの音をたてた。女性たるメープルもいるのだから、あまり紳士的な行為とはいえない。もっとも、メープルは気にしなかった。

「どうしたの？」

「ぼくは、あんな小悪党が大きらいだ」

ジェームズが吐きすてた。その声には、憎悪に近いひびきがあって、私はそれを無視できなかった。

「どうして？」

「どうしてって、あなたはそう思わないんですか、ミスター・ニーダム？　大の男が、やることがせこすぎる」

私はかなりの努力をして、居心地の悪さをおさえた。

「貧しくて仕事がない。だれも手を差しのべてくれない。彼を弁護する気はないが、事情があっての犯罪だろう」

「あんなもの、犯罪とはいえませんよ」

「じゃ、犯罪って何なんだい？」

「冷酷な社会と無能な政府に抗議する、当然の権利です。犯罪とは、必要も義務もないのに、美学と理念をもっておこなうもので……」

突然、豊かで重々しい声がひびいた。

「ユニークな見解だが、それ以上はいわないほうがよさそうだね」

自由党の巨頭、ウィリアム・エワート・グラッドストーン下院議員だった。アヘン戦争をきびしく糾弾した政界の良心。この後、四回も大英帝国の宰相をつとめた雄弁の大政治家。何と、この人も今日、水晶宮《クリスタル・パレス》の見物に来ていたらしい。

ジェームズ少年は口を閉ざしただけだが、ウィッチャー警部は感激のあまり敬礼した。

「こ、光栄であります、グラッドストーン閣下、こんな場所でお目にかかれようとは」

「閣下はよさんかね、私は君たちとおなじ平民だよ」

後に、偉大な功績によって、グラッドストーンは貴族に列せられようとしたが、かたくそれを辞退した。イギリス史上もっとも偉大な平民が彼である。政敵ディズレーリは伯爵に叙《じょ》せられて、堂々とそれを受けた。どちらもみごとな態度だと思うが、平民である私としては、おなじ平民に親愛を感じる。

「とにかく、おちつこう。私は君たちの能力と熱意を信じている。何か力になれることがあったら、遠慮なくいってくれたまえ」

「恐縮であります」

せっかく事態が鎮静化に向かうと思われたとき。

シブソープ議員が、またぞろ、暴言を吐きはじめた。

「タグだ！」

「あのいまわしいインド人どもの悪業だ！　それ以外に考えられるか？　だから、わしはいっとるんだ。イギリスに、外国人を入れるな。いまいるやつらはたたき出せ、となー！」

私としては、低賃金でまじめにはたらいている外国人たちより、シブソープ議員のほうをたたき出してやりたかった。

「そこらここらに、インド人どもが身をひそめておるはずだ。捜し出せ！　女だろうと子どもだろうと、容赦してはならん」

曲馬団《サーカス》などよりよほど愉《たの》しい娯楽を、シブソープ議員は見出したようだった。それに踊られる連中が、奇声をあげて乱暴狼藉をはたらきはじめる。恐怖に顔をゆがめたインド人の男女が、シブソープの前に引きずり出され、突き出された。女性のスカーフがむしりとられ、子どもが泣き出す。

「恥を知りたまえ！」

グラッドストーンの声が、朗々とひびきわたる。その声は、ガラスを乱打する風雨の音よりも力強かったが、威厳というより、人々の理性を回復させ、自省心と自制心を呼びおこす効果を持っていた。グラッドストーンは静かに、重々しく呼びかけた。

「シブソープ議員、市民を煽動するのは、いいかげんにしてくださらんかね」

「煽動じゃと？　わしは、同胞に、外国人どもの危険性を警告しておるだけだ」

「ふむ、ユニークな見解だが、証拠があるのかね」

「証拠など必要ないわ！」

シブソープは唾を飛ばした。さいわい私のところまでは飛んで来なかった。

「やつらは異教徒だ。おぞましい仏教徒だ。唯一絶対の神を否定し、仏像という名の偶像を崇拝しおる。高貴なイギリス人とは、ちがう生き物なのじゃ」

そのとき、笑い声がひびいた。愉快で楽しい笑い声ではなく、軽蔑と嫌悪に満ちた冷笑である。

一瞬、静まりかえったなかを、シブソープの前に歩み出たのは、例の少年だった。ジェームズ・モリアーティ。

「無知無学な人間が政治権力をにぎって、民衆を煽動する。イギリスは野蛮な国だ。世界を指導する資格なんかない」

「な、な、何じゃと、この孺子《こぞう》、さてはインドの仏教徒どもの手先か」

氷でできた反論が突きつけられた。

「インドに仏教は存在しませんよ」

「な、何じゃと」

シブソープは、もともと飛び出した両眼を、さらにむき出した。

じつは私も、ジェームズ・モリアーティの発言におどろいていた。

「ジェームズ、それは真実かい。仏教の始祖、ゴータマ・シッダールタは古代インドの王子じゃなかったのか？」

ジェームズの視線は、わずかに私に向けられたが、それはシブソープに対するより、すこしだけましだった——と思いたい。

「ええ、たしかに仏教はインドで誕生しました。ですが、インド以外の国に広がる一方、インド本国では衰微してしまいました。現在、インドにいるのは、ヒンズー教徒、イスラム教徒、それにシーク教徒だけです」

「そ、そうだったのか、知らなかったよ」

これはたしかに、ジェームズに冷笑されても、しかたないことだった。この時期、イギリス軍は、あいかわらずインドの大反乱に苦戦している最中で、インドのことをくわしく知る必要があった。とくに大反乱の契機《きっかけ》となったのは、宗教がらみのトラブルだったので、基本的なことを知らなかったのは、恥ずかしいことである。

ジェームズは話を再開した。

「タグは犠牲者の遺体を、見せびらかすようなことはしない。徹底的に隠す。だからこそ、長すぎるほど長い間、犯行をつづけてこられたんです」

少年の明言に、成人《おとな》たちがざわめいた。

「たしかにな。あんな具合に、死体を投げ落として衆目にさらすなんて、タグのやりくちじゃない」

「タグでなくとも、何であんな所業《まね》をするんだ。そいつは、おれたちを皆殺しにでもするつもりなのか？」

「そんなことは決まっておる！」

またしてもシブソープ議員の暴言だ。こいつが何かいうたびに嵐がひどくなっていく。

「あやつらは神を信じぬ異教徒だからだ。イギリス人ではないからじゃ！」

ほとほと、嫌悪感《いやけ》がさして、私は視線をうつした。と、メープルがしゃがみこんで、ブーツの紐《ひも》をほどこうとしているのが見えた。メープルは私と視線があうと、すました表情《かお》で立ちあがったが、きっとブーツをぬいでシブソープ議員に投げつけるつもりだったにちがいない。

以前、私は、タグという集団に関して、名前だけは記したことがある。物語に関係なかったから説明ははぶいたのだが、こうなっては、くわしく説明する必要があるだろう。

タグ。Thaggi。じつのところ、発音がむずかしい。この記録では「タグ」に統一しておくが、「タッギ」とか「サグ」とか発音する人々もいる。要するに、古代から連綿としてつづくインドの秘密結社なのだが、おそるべき殺人集団なのだ。

その活動期間は五百年にわたり、犠牲者の数は二千万人におよんだというから、後で述べるソニー・ビーン一族など、太陽の前のホタルのようなものだ。ただ、ソニー・ビーン一族の蛮行は、人間の退化と堕落をしめすものだが、タグの場合は、信仰をしめすものだった。人を殺して金品を奪うことは、タグにとって、女神カーリーへの信仰をあらわす行為だった。まあ、いずれにせよ、犠牲者たちにとっては、気の毒な話ではあるが。

タグが五百年も残忍な犯行をつづけることができたのはなぜか。まず、ジェームズのいったとおり、彼らのやりかたが徹底していたからである。犠牲者は旅人が多かったのだが、何人づれであろうと、かならず全員が殺され、死体はすべて処理され、荷物はことごとく奪われて、犯罪の痕跡はいっさい残されなかった。犠牲者は、朝、宿を出て、そのまま消えてしまった——永遠に。

ごくまれに犯行が見つかりそうになると、タグは自分たちの獲物を、貪欲な地方領主や腐敗した役人に分けあたえて、追及をまぬがれた。まったく、腐敗した役人がいなかった時代や国が、人類史上に存在した例はないのだ。

ところで、タグにとって殺人は宗教的儀式である。したがって、厳格な形式がある。かならず、犠牲者の背後にまわり、布で首を絞めて殺さねばならない。刃物も銃も鈍器も、使用してはならないのだ。

その点では、「首を引きちぎる」などという殺人法は、最初からタグのものではありえなかった。

「け、警部、よかったらこのC・L・ドジスンが写真でもって協力させていただくが」

「写真ですと？」

「そ、そうだよ。しゃ、写真があったら、捜査の役に立つだろ？」

「たしかにそれはありがたいことですが……」

「け、警察が、犯人をこちらへ追いこんで、二時間ばかり押さえつけていてくれれば、みごとな写真を撮ってあげるよ」

ウィッチャー警部は、大きく口を開きかけたが、強固な自制心を発揮して、怒号をのみこんだ。

「そういう理想的な犯人がいてくれると、警察《われわれ》もたいへん助かるのですが、そもそもまだっかまってもいませんので……」

「それは残念だね」

まったく残念な話である。と、あらたなざわめきがおこった。今回の「東洋の大魔術」とやらをプロモートする興業師がふたり、警部の前につれてこられたのだ。

「この偽者どもめ！　だいたい、お前ら、インドにも中国にも、まったく関係ないだろう！」

ウィッチャー警部に一喝された、ふたりの興業師は、自尊心を傷つけられたのか、猛然と抗議した。

「関係ありますとも。私の親父の弟の長男は、インドのカルカッタで生まれました」

「そうかね。君自身はインドで生まれたのか」

「……バーミンガムでさ」

「そういう関係を、無関係というんだ」

吐きすてたウィッチャー警部は、いきなり手を伸ばして、もうひとりの興業師の頭をもぎとった！　中国人らしい黒い弁髪《べんぱつ》のかつらが警部の手に残り、下からはげかかった金髪の頭があらわれた。爆笑がおこるべき場面だが、だれもそんな気にならなかったようだ。

ウィッチャー警部は、舌打ちしてかつらを放り出すと、危機感をこめてうめいた。

「何とか外と連絡がとれればいいんだがな……」

Ⅳ

イギリスの近代警察の歴史は、まだはじまったばかりだ。イギリス人としては残念だが、フランスではナポレオン・ボナパルトの時代には、ほぼ完成されていた。

これは、ふたりの天才によるものだとされている。ひとりはジョゼフ・フーシェ。フランス革命のときは最過激派で、国王ルイ十六世の処刑にも賛同したが、いつのまにやら革命指導者ロベスピエールを裏切って処刑し、つぎにナポレオンのもとで警察大臣をつとめるようになった。

ナポレオンはフーシェを信頼していなかったが、本人がしょっちゅうフランス本国を留守にして、ヨーロッパ各地を遠征してまわっていると、フランス本国の行政や治安をまかせられるのは、フーシェ以外にいなかった。フーシェは、有能といえば、たしかに有能だったのである。

フランスのことはいい。いまはイギリスのほうが大変だ。

「死神《デス》」と記されたボロ布をウィッチャー警部に見せてもらうと、

「これはインクじゃない」

ジェームズが断言した。意見を述べるのではなく、事実を指摘する口調だった。

「じゃ、何で書いてあるんだ？」

「血ですよ」

ジェームズは即答し、ウィッチャー警部は眉をせりあげた。

「人間の血か⁉」

「いや……」

ジェームズは冷淡に頭《かぶり》を振った。

「ニワトリか犬か……羊か猫かもしれない。ともかく人血ではありません」

「君は人血に慣れてるのか」

私の皮肉は十倍になって返ってきた。

「あなたほどじゃありませんよ。バラクラーヴァにもセバストポールにもいっていませんからね」

非礼きわまる言種だったが、たいして腹は立たなかった。なぜだろう。

メープルは興味しんしんの体《てい》で、ジェームズ少年を見やっている。

「水晶宮《クリスタル・パレス》に集まった数千人の群衆の頭上へ、ガラスの破片が豪雨となって降りそそぐ。死神《デス》とやらは、きっとやるぞ」

「どうすればいいんだ」

「光景だけではない。音も想像するんだ。血と恐怖に彩られた悲鳴が、水晶宮に満ちる。この世の地獄になるぞ」

群衆は自分たちで想像力をはたらかせて自分たち自身を怖がらせていた。

「死神だと……」

ウィッチャー警部は、あらためてボロ布をにらみつけた。

「どういうつもりだ。自分のしでかしたことを自慢したいのか。今後も、こんな凶行をつづけるつもりなのか」

まだ犠牲者の首は発見されていない。したがって身元もわからない。どす黒い血にまみれた服は、そこそこ上等のモーニングだった。ひとりで水晶宮をおとずれたのだろうか。すくなくとも、夫や父がいなくなった、と、申し出てきた人物はいない。

現在、水晶宮の内部には、何人ほどの客がいるのだろう。

ロンドン博覧会のときには、入場者の総数約六百三万九千二百名、一日あたり約四万二千八百名だったという。ひとつの都市に匹敵する。それに較べれば、ずいぶんと減少しているが、二万人ぐらいはいるのではないだろうか。

一方、彼らというべきか、私たちというべきか、一般客たちを非道な殺人者から守るべき警察官の数は？　ウィッチャー警部をふくめて、五十人に満たない。警部自身がそういったし、武器も警部が拳銃を持っている以外は、警棒だけだ。心ぼそいこと、この上ない。

だが、これ以上ひどい状況は、いくらでも経験した。メープルもグラッドストーン議員もウィッチャー警部もいる。彼らの存在は、私に、勇気と希望をあたえてくれる。かならず「死神《デス》」とやらを排し、生きて水晶宮《クリスタル・パレス》を出ていってやろう。堂々と、胸を張って。

ウィッチャー警部が群衆を見まわした。

「そのまま動かないでください。くりかえしますが、犯人を捜す必要があります」

じつのところ、これが殺人事件で、犯人が群衆のなかにまぎれこんでいるとしても、水晶宮の外へ逃げ出すのは困難だと思われた。外は冷たい冬の嵐が荒れまくって、駅との連絡さえとれない。雨は水晶宮のガラスを乱打し、風は咆哮しつつ周囲の木々を振りまわし、なぎはらっていた。

そのような冷寒の黒い地獄へ出ていこうとするのは、勇敢ではなく、愚行というものだ。たとえ駅に駆けこむことができても、列車が動かない可能性のほうがおおきい。

「永遠にやまない嵐はないわ、おじさま」

「そのとおり。待つことにしよう」

懐中時計をとり出してみると、正午をすぎたばかりである。どうも長い一日になりそうであった。それ以前に、すっかり忘れていたが、食事をしておく必要がある。私はメープルをつれて屋台群《ストール》の一画に足を向けたが、時すでに遅し。私たちよりはるかに現実的な人たちが、すでに長蛇の列をつくっていた。

「ああ、来るんじゃなかった」

だれかが、こういう状況で、かならず口にする台詞だ。それに呼応する形で、別のだれかが痛烈な一言を発した。

「こうなったのも、お前のおこないが悪いせいだ！」

何しろガラスの建物だから、雷光をさえぎるものはない。光と影、黒と白が、そのまま私たちを引き裂いてしまうようだった。

異様な光景のなかで、ソーセージを焼いたり、鶏肉《チキン》のスープを煮立てたりする匂いが、日常性をかもし出していた。場ちがいといえば場ちがいだが、何とも魅惑的だったことはたしかだ。

「こりゃだめだ、ジャガイモ一個ありつけそうにないぞ」

「おじさま、心配ご無用よ」

おちつきはらってメープルが告げ、さらにつづけようとしたとき、例のジェームズ少年が、冷笑の声をあげた。

「近代人も飢えは克服できない。みっともない光景ですね」

「人間だって退化するさ。まさか、君は、ソニー・ビーン一族の話を知らないとはいうまいね」

「もちろんですとも」

現代では「切り裂きジャック」がイギリス史上最大の悪名を誇っているが、彼が登場するまで、わが国の極悪人リストは群雄割拠だった。ジャンピング・ジャックにスウィニー・トッドに――と指を折りはじめると際限《きり》がないので、ソニー・ビーン一族の話にしぼろう。

十五世紀のことだ。スコットランドの南西部、ギャロウェイ地方で、二十五年にわたって奇怪な事件がつづいた。旅人が朝、宿を出て、荒涼とした海岸ぞいの道を行き――そのまま永遠に姿を消してしまうのだ。当時の治安官《シェリフ》たちが必死に捜査したが、三百人以上の旅人が二度と姿を見せなかった。

あるとき、夫婦づれの旅人が、街道で何十人もの盗賊におそわれた。妻は馬から引きずりおろされ、その場で喉を切り裂かれた。盗賊どもは何と彼女の喉にくらいつき、血を吸いはじめたのである。仰天した夫は、棒を振りまわし、馬を全力疾走させて、かろうじて近くの町へ逃げこんだ。

事情を知らされたスコットランド国王は、ただちに完全武装の兵士四百名を現場に派遣した。彼らは岩だらけの海岸に洞窟を発見し、激しい戦いの末に、盗賊どもを一網打尽にした。これがソニー・ビーン一族だったが、おそるべきことに、洞窟の内部には人肉や人骨が山のように積まれていた。彼らは人喰いの一族だったのだ。もちろん全員が女性や子どももふくめて死刑に処せられた。その数、四十七人。まともに言葉もしゃべれず、自分たちがどんな罪を犯したかもわからなかった。人間も野生のままだと野獣化する、という、おぞましい事実だ。

くわしいことは、とてもこれ以上、書く気になれない。一八四三年に、ジョン・ニコルソンという人が『スコットランド南部にまつわる歴史伝承物語』という書物を著《あらわ》し、くわしく記述しているが、この本はわがミューザー良書倶楽部《セレクト・ライブラリー》にそなえてあるから、物好きな人は借りて読んでいただきたい。

さて、この間にも、嵐はいっこうにやむ気配がなかった。無力な人間たちは、巨大なガラスの檻のなかで、耐えるしかなかった。ロンドン内外で随一の娯楽観光施設である。考えてみれば、当初の予定どおり、めずらしい動植物や、エジプト、メソポタミア、インド、ギリシアなどの珍品を見物してまわっていれば、時間つぶしの種には事かかない。入場料を払ってやってきた以上、すこしは見物しないと丸損である。しかし、兇悪な殺人犯がまぎれこんでいるのだから、ホールに集められた人々の多くは不平満々ですわりこんでいた。屋台に並んでいた人たちも、売り切れになって、しぶしぶもどってきている……。

ふとメープルがささやいた。

「水晶宮《クリスタル・パレス》はガラスでつくられてるでしょ？」

「そうだが、それが？」

「内部で盛大に灯をともせば、外からは丸見えよ。近所の人たちが、きっと気づくわ！」

メープルは両手をにぎりしめ、声をはずませた。

「いい考えだ。ウィッチャー警部に話してみよう」

とは、私はいわなかった。嵐のなか、水晶宮の内部に灯火がともったら、それを見た人々の想像力は、何らかのイベントがおこなわれている、という方向へ進むだろう。何とか、内部の事情を知らせなくてはならないのだが……。

V

パニックは消えかけては何度も息を吹き返した。これ以上、巻きぞえになるのを恐れた男女は、閉ざされた出入口に向かって波のような動きをくりかえした。

「外は嵐だ。屋内にいたほうが安全だぞ！」

私は肺が許すかぎりの大声で制止した。

「外に何がひそんでいるか、わかりませんよ！　あなたがたが出てきたところを、怪物が待ち伏せしていて、首を引きちぎるかもしれません」

メープルの声のほうが、ドラマチックで、興奮している男女の痛いところを突いた。うっ、と奇妙な声をあげて、一同は口をつぐみ、たがいに顔を見あわせる。

「じゃあ、どうするんだ。どうすればいいんだ⁉」

だれかが当然の質問をわめきたてたが、私には返答できるはずもなかった。にがにがしく立ちつくしていると、背後に何か気配を感じた。背後には、A・ロスという技師がつくった、ばかでかい天体望遠鏡があったのだが、その蔭から黒い人影が躍り出てきたのだ。

黒ずくめの服につばのない帽子、顔にはカラスの仮面をつけている。それだけ確認した直後、うなりを生じてステッキが撃ちおろされてきた。

何のための攻撃か知りようもない。ただぼさっと立っているように見えたのだろうか。ステッキの所有者《もちぬし》の正体をせんさくしている場合でもない。私はすばやく上半身をかがめ、ステッキをつかんだ。同時にそのまま床に倒れこみ、前方へ一回転する。

「おじさま！」

メープルが叫んだが、私はシルクハットを飛ばしながらも無傷で立ちあがった。

ステッキがサーベルだったら、対手《あいて》の片脚を両断していたにちがいない。斬撃ではなく打撃であったのが、私としては残念だ。それでも、したたか臑《すね》を打たれて、仮面の男は、くぐもった悲鳴をあげ、動きをとめた。ふん、バラクラーヴァの戦場で生き残って勲章まで授かったのは、だてではないぞ。

耳ざわりな靴音をひびかせて、襲撃者は遠ざかっていく。私は追おうとして、思いとどまった。人知を持つ怪物をとらえるには、もっと準備が必要だった。

「へえ、なかなかやりますね」

感心したような口調が、ジェームズの場合、かえって変に聞こえる。騒ぎに気づいて、息を切らしながら駆けつけたウィッチャー警部が気づかってくれた。

「負傷《けが》はなかったかね？」

「はい、何とか」

「それはよかった。しかし、こんなことになるとは思わなかったが、拳銃が必要になりそうだな」

水晶宮《クリスタル・パレス》に拳銃を持ちこむ。「似つかわしくないこと」のモデルになりそうな話だ。

私の前に、シルクハットが差し出された。差し出したのはメープルである。礼をいって受けとると、宝石のような瞳が私をにらみつけた。

「おじさま、危ないことなさったら、だめじゃない！」

「すまん、すまん、気をつけるよ」

応じはしたが、メープルにいわれるのは何となく釈然としない。いつも私が口にしているお説教を、まとめて返却してもらった、ということであろう。

仮面の男に対しては、叫喚追跡はおこなわれなかった。みな茫然としていたのだ。

いまや水晶宮は、宮殿どころか展示館でも劇場でもなく、二万人近いの男女を閉じこめた巨大なガラスの牢獄だった。フランス人が見たら、さぞおもしろがるだろう。あいかわらず嵐は猛威をふるい、太陽のめぐみが水晶宮にとどくのを妨害している。

「これだけ悪いことがかさなるとはね」

私が歎息すると、メープルがはげました。

「いつか、きっと、いいことがかさなる日が来てよ」

「でないと、人生の均衡《つりあい》がとれないね。だけど、楽天家さん、大半の人生は均衡がとれないままに終わるもんだよ」

「いやなおじさま！」

メープルと私は、同時に足をとめた。ふと気づくと、私たちは、群衆をはなれて、有名で人気のある場所に来ていた。太古の世界だ。熱帯植物が生いしげるなかに、兇暴さと不細工さを兼ねそなえた恐竜の群れがいる。もちろん彫刻だから動きはしないが、子どもたちの人気の的だ。

「イグアノドンだ」

「こんな生物が地球を支配していたのね。何千万年も前に……」

私とメープルが感歎していると、いつのまにか近くにいたジェームズ・モリアーティが低く笑った。

「ちがいますよ。こんなのはイグアノドンじゃない」

メープルも私も、めんくらってジェームズを見やった。少年は、科学の専門家とも一般の市民とも異なる見解を持っているようだ。

「イグアノドンじゃないとすれば、いったい何なの？」

「その質問は的はずれですが、ぼくの言いかたが正確じゃなかったかもしれない。修正します。真物《ほんもの》のイグアノドンは、こんな鈍重な姿勢をしてはいませんでしたよ」

皮肉な気分になって、私はジェームズを見やった。

「ほう、モリアーティ博士は、まるで真物《ほんもの》のイグアノドンを見たことがあるみたいな話しぶりだな」

「見なくても思考すればわかります」

「思考の結果を教えてくれる？」

メープルが身を乗り出すと、ジェームズ少年は、なぜか小さくせきばらいした。

「象に犀《さい》に河馬《かば》、熊から豚にいたるまで、あらゆる動物は、人間より速く動けるのです。こんな鈍重そうな姿勢で、しかも太い尾を引きずって、速く走れるわけがない。将来、イグアノドンの姿形は、大きく修正されるはずです」

そのくらいのことはわかるだろう、といわんばかりの口調である。

「ふん、だから科学の得意なやつはきらいさ。何さまのつもりだか」

「あら、おじさま、負け惜しみ？」

「いまいましいが、ご指摘のとおりだよ」

「じゃ、お弁当《ランチ》にして、お腹をなだめましょ」

私はまばたきした。

「何だ、屋台で何か食べるつもりだったんだが、持ってきていたのかい」

フィッシュ・アンド・チップスがまだ存在しない時代だ。とりあえず空腹を満たすとすれば、サンドイッチかパイしかないのだが……。

「とりあえず、おじさま、生姜パン《ジンジャーブレッド》を出すから、それで我慢なさって」

「我慢どころか、ありがたいよ。うまそうだな、マーサが焼いてくれたのかい？」

「失礼ね、わたしです」

メープルは胸を張った。ちらりとジェームズを見やる。少年は私におとらず空腹で、とげとげしく見えた。

「ジェームズと呼ばせてもらっていいかしら」

「…………」

「よかったら、あなたも生姜パンをお食べなさいな」

「おかまいなく」

そっけなくジェームズは応じたが、かまわずメープルは少年の掌にいくつか生姜パンをのせた。少年は口を動かしたが、声は出さなかった。

比較的近くにいる人々の会話が聞こえる。

「つい先日だったか、サウスエンド・オン・シーに妙な怪物があらわれたのは？」

「ああ、囚人船を焼いたときだな」

「オオカミだったか、コウモリ男だったか」

「あれも未解決のままだが、どこかに真相を知ってるやつがいるのかなあ」

私とメープルは、黙々と、つましい食事をつづけた。真相を知ってはいても、他人に告げるわけにはいかない立場である。それにしても、今回、水晶宮《クリスタル・パレス》に出現した怪物は、サウスエンド・オン・シーを混乱におとしいれたナムピーテス一族とは関係ないだろう。

またしても突然だった。

イグアノドンの彫像が、ゆらりと揺れた。ぎょっとする間もなく、何トンもする青銅の恐竜は、床をゆるがし、空気を波だてて倒れた。群衆は悲鳴の大合唱をはじめた。人工恐竜の下から、人間の手が出ている。ふたたび耳ざわりな笑い声。ジェームズ少年は、腰をぬかしたドジスンをもう一度せおうと、逃げ出すどころか、声の方向へ突進した。

ジェームズ少年は勇敢だった。というより、まるで自分の生命《いのち》を粗末にしているように見えた。彼自身はそれでよいかもしれないが、迷惑なのは、ルイス・キャロルことC・L・ドジスンのほうである。あいかわらず写真機を抱いたまま、かぎりなく悲鳴に近い声をあげた。

「き、君、無謀なことはやめたまえ。紳士は無用な危険を犯すものではないよ」

「怖いんですか？」

「正直は美徳だ」

「？」

「正直にいうよ。怖いよ！」

ジェームズはドジスンをその場に放り出した。

「それじゃ、そこを動かないでいてください」

「ひとりで？　ぼくひとりでここに残るの⁉」

「ご心配いりません。わたしがおりますから」

メープルが、ていねいに語りかけ、ドジスンはむなしく口を開閉させた。ジェームズはおかまいなしに走り去る。

巡査や群衆の有志が、人工恐竜の重い巨体を押したり引いたりして、下敷きになった人を救い出そうとしている。

「死神《デス》と名乗るやつのしわざですかね。どういう意図と目的があって、こんなことをするのでしょう」

「そこが問題だ。まったく……」

ウィッチャー警部は、煙草をくわえていたが、その端が大きく持ちあがった。

彼は私とおなじ、しがない中産階級《ロウアー・ミドル》だが、人柄も言動もりっぱな紳士である。だが、このときは、煙草を投げすてて全身で咆哮するかに見えた。ワーテルローの大会戦で、背後からプロイセン軍に猛襲されたときのナポレオンのように。怒りと失望と敗北感がもつれあって、人間の形をしているようだ。

「まったく、どういうつもりだ」

みごとな自制心をしめして、ウィッチャー警部は、おちつきをうしなわぬ声を出した。

私は、自分が旧軍人であったことを思い、何か彼の役に立ちたい、と考えた。とりあえずイグアノドンを押しのけるのをてつだった。下敷きにされた人物を、何とか引きずり出す。きちんとした服装の老人だった。

男はすでに死んでいた。イグアノドンの姿が科学的であるにせよ、ないにせよ、人ひとりを押しつぶすだけの充分な重さはあったのだ。

「これもタグではないな」

私はうめいた。

半日でふたりが殺された。この数はけっして減らないし、それどころか、さらに増える可能性があった。

ウィッチャー警部の不吉な予言――「今後もこんな兇行をつづけるつもりなのか」――は、不幸にも的中してしまったのである。

第三章

神出鬼没の怪魔人のこと
テーブルの使用法のこと

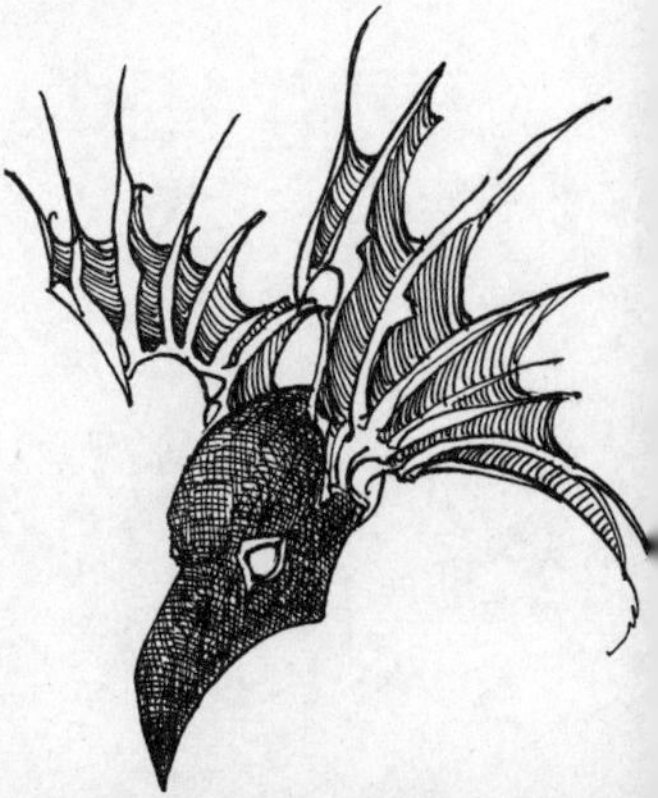

I

いまにして思えば、一八五七年という年は、私にとっても、姪のメープルにとっても、随分と波乱に満ちた年だった。クリミア戦争から生命からがら帰国した後は、しがない中産階級《ロウアー・ミドル》なりに、つつましいおだやかな生活が私たちを迎えいれてくれるはずだったのだ。

ところがところが。

イギリスだってエデンの園ではなかったのである。否、「蛇だらけのエデンの園」とでもいうべきか。夏と秋にそれぞれひどい嵐にあって、もうたくさんだ、さすがにこれ以上の災難にはめぐりあわないだろう、と思っていたのだが、冬は冬できちんと陣地をかまえて私たちを待ち受けていた。律義なことだ。

一八五八年の新年《ニューイヤー》を無事に迎えることができるだろうか。半分本気で、私はそう考えた。

「皆さん、かってに動かないでください。ホールに集まって、警察の指示にしたがってくださるよう、お願いします」

くりかえし、ウィッチャー警部がどなる。

じつのところ、「集まれ」と叫ぶ必要はなかったかもしれない。人間、恐怖に駆られると、なるべく人の多いところへと集まるものだからだ。

それにしても、二万人近い男女が、ほぼ全員、ホールに集まることができるのだから、水晶宮のスケールはたいへんなものだ。私とメープルが、離れないよう注意しながらホールへはいっていくと、

「わあああ……！」

調子のはずれた男の悲鳴がとどろいて、周囲の男女が、跳びのき、ぶつかりあった。

「こ、ここにも死体が……」

「これも首がないぞ！」

「こっちは生きてる！　気絶してるだけだ」

その声で今度は女性たちの悲鳴があがり、あちらこちらで失神した女性を男たちがささえた。

ウィッチャー警部は、決然たる態度で、叫び声のした方角へ進んでいく。だが、混乱する群衆をかきわけるのは容易ではなかった。雷鳴のとどろきに、人の声がまじる。

「あいつだ、あの黒ずくめの男が……」

その声に、私は周囲を見わたした。交錯する光と闇のなかで、右往左往する群衆。飛びかう悲鳴と怒号。何者かを捜し出すのに、これ以上、悪い条件があるとしたら、戦場くらいの

ものだろう。

とにかく医者のほうを先に探そう、ということになって、

「どなたか、お医者はいらっしゃいませんか？　急な負傷者《けがにん》です、お願いします！」

ウィッチャー警部をはじめ、何人かの男が大声をあげ、何人かの男が進み出た。とはいえ、診察鞄を持ってきた者はひとりもいなかったし、惨死体を見てショックを受けた者もおり、かえって混乱を助長するだけだった。シブソープが何かわめいているが、だれも聞いていない。

私はふと気づいた。メープルがふたたびかがみこんでハーフブーツの紐をいじっているのだ。

「おいおい、何をしてるんだ。さっきもおなじようなことをやってたが、ブーツをぬいで、だれかに投げつけるつもりじゃなかろうね」

「そんなことしないわ。靴紐がゆるんでいたから、締《し》めなおしただけよ」

「真実《ほんと》かな？」

「真実よ！　だって、シブソープにブーツを投げつけたりしたら、汚れてしまって、二度と履けなくなるじゃない」

私は溜息をついた。

「メープル、シブソープなんか対手《あいて》にするな。正確なところは知らないが、もういい老齢《とし》の爺さんだ。時代に取り残されて、暴言を吐きちらすことでようやく自分をささえてるだけさ。

その暴言も、あと何年かで永遠に終わる。そう思えば、哀れなものじゃないか」

「あと何年も生かしておくの⁉」

「神の御心のままに、だよ」

いうと同時に雷鳴がとどろいたから、私の偽善的な台詞は神さまのお気に召さなかったらしい。

とにかくメープルは実力行使を断念してくれた。

「あの老人は、カラッポだ」

ステッキで床をたたきながら、噴水の前のベンチにすわりこんでいる山羊のような老人。彼を見やって、私は吐きすてた。

「自分自身がカラッポだということを、じつは知っている。だから、世界を支配するイギリス人であることに、必死でしがみついてるんだ。なあ、メープル、私としては、あんな老人より他の種類の男に関心を持ってほしいね」

メープルが、ふしぎそうに私を見やった。

「どんな男性？」

「決まってるだろ、メープルを幸福にしてくれるような男だよ」

「あら、わたし、現在《いま》のままで充分、幸福よ」

メープルは笑った。私にとっては天使の笑みだ。しかし、上流階級なら、もうそろそろ社交界にデビューする年齢なのだが……。

返答にこまって視線をうつすと、すぐ傍にドジスン氏とジェームズ少年がいた。

秀才にはちがいないが、ルイス・キャロルことドジスン氏は、こんな場合には、まったく役に立たない。何しろ、十三歳のジェームズ・モリアーティ少年に、にがにがしい表情で叱られているありさまである。

「いつまでも袖をつかんでいないでくださいよ」

「あ、こ、これは、し、失礼した。赦してくれたまえ」

ドジスン氏は赤面して手を放した。どちらが年長者やらわからないが、すくなくとも彼は無礼者ではなかった。

ジェームズは、めんどうくさそうにうなずいただけである。彼のほうも視線を動かして、メープルと私に気がつくと、かるく会釈してみせた。どうやら私たちを、いちおう人間とみなしてくれたようである。

私たちが半ば人の流れにさからってウィッチャー警部に近づくと、フランス第一帝政様式、つまりナポレオン時代のデスクの上に証拠品らしきものをひろげているところだった。

「そもそも被害者の顔がわからんとあってはな」

身分証にかならず顔写真がついている時代ではない。ウィッチャー警部は、机上にならべられた犠牲者の所持品をつぎつぎと手にとったが、財布も身分証明書もなく、懐中時計やハンカチでは身元の知りようもなかった。ウィッチャー警部はかるく首を振った。

「もし同伴者《つれ》がいたら、名乗り出てくれればいいのだがな」

「いまごろ、どこかで必死に捜しているかもしれませんよ」

「ふむ……こちらから呼びかけてみたほうがいいかな」

「警察の指示とやらはどうなってるんです？」

ジェームズの皮肉に、無言の返答をかえして、ウィッチャー警部はどなった。

「どなたか、同伴者《おつれ》がいなくなった、という方はいませんか？　いらしたら、名乗り出てください」

おなじ台詞を、二度くりかえす。二度めを言い終えた瞬間、反応があった。似あわないピンクの衣裳をまとった女性である。

「うちの、うちのジョージがいないの！」

「失礼ながら、ジョージさんはお幾歳《いくつ》でしょう？」

「十歳よ！」

「……それは迷子ですね」

いまやホールの隅に安置されている最初の首なし紳士は、どう見ても十歳の子どもとは思えなかった。

「そうとわかっているなら、わたしのジョージをさっさと捜してくださいな！　いったい何のための警察なの⁉」

そうだそうだ、という複数の声があがって、沈着なウィッチャー警部もさすがに鼻白んだとき、群衆をかきわけて警察官がひとりあらわれた。汗まみれの顔で報告する。

「盗難です。『トルコ宝物展示場』がおそわれました。警官がひとり傷つけられて、一万ポンド相当の黄金細工や真珠が強奪されたようです」

ウィッチャー警部はうめいた。

「な、何たることだ」

「水晶宮《クリスタル・パレス》の内部を、知りつくしているやつがいるようですね」

「ふん、主《ヌシ》というやつかな」

ウィッチャー警部は、眉をしかめた。

「だとしたら、やつの正体は、客ではなくて、水晶宮の関係者という確率が高くなるが……」

ウィッチャー警部の疑惑は、順当なものだった。私だってそう思う。

「関係者を集めて、尋問しますか?」

いつのまにか私はウィッチャー警部の助手みたいになっていた。メープルが私を見て、いたずらっぽく笑う。

いきなり大声がして、私は半分とびあがった。

Ⅱ

「今度は何だ⁉」

ウィッチャー警部の声に応じるように、下町なまりの男たちの声があがった。

「虎だ、虎だ！」

「虎が逃げ出した！」

つづいて生じた群衆の喚声は、虎のほうが逃げ出しそうなほどだった。

そのとき、まったくべつの声がひびいた。朗々とした、しかも荘重な声である。

「虎よ虎よ《タイガー、タイガー》、燃えあがり《バーニング》、かがやく《ブライト》
夜深き密林《インザフォレストオブザナイト》のなかに……」

何と桂冠詩人テニスンの声だ。彼も水晶宮の見物客のなかにいたらしい。朗々と吟じられる詩の作者は、テニスン自身ではなく、ニコラス・ウィリアム・ブレイクだった。

テニスンの意図は明らかだった。群衆が「虎だ」と聞いて集団ヒステリーをおこし、混乱が拡大するおそれがある。テニスンは、自分の詩心によって、人々をおちつかせ、静めよう

としたのだ。

先に真相を述べてしまうと、水晶宮《クリスタル・パレス》に虎などいなかった。性質《たち》の悪い犯罪者の一団が、混乱に乗じて窃盗《ぬすみ》をはたらこうとしたのだ。彼らは周囲の人々に気づかれ、袋だたきにされた。

私は、他の人々とおなじく、陶然として大詩人の美声に聴きいっていたが、突然、気がついた。虎の危険に？　そうではない。もっと性質の悪いものだ。

「あ、あ、テ、テ、テニスン先、先生！」

やっぱり出てきた。例によって例のごとく、写真機を胸に抱き、半分、宙に浮いた足どりで進んできたのは、ルイス・キャロルことチャールズ・ラトウィッジ・ドジスン氏である。

私の脳裏に、失礼なフレーズがひらめいた。いわく、「恋する幽霊」。

「ぼ、ぼく、テニスン先生にお願いがあります。一生のお願いです。ぜひ、ぼくの願いを諾《き》いてください」

「君は？　たしか昨日あった……」

「はい、オクスフォード大学のドジスンです。ああ、感激だなあ。ぼくのことを憶えていてくださるなんて！」

テニスンは泰然として見えたが、メープルの観察によると、すこしだけ眉が動いたそうである。

「き、昨日につづいてお、お、お会いできて光、光栄です。ぼ、ぼくは、テニスン先生を尊、尊、敬、いえ、それどころじゃな、ないです。崇拝しています！」

「それはありがとう」

テニスンは、むろんりっぱな紳士だが、聖者ではないから、ドジスンの熱烈すぎる愛着に辟易しているようだった。それにしても、ドジスンはあの言動でもって、オクスフォードの学生たちに、蔭《かげ》で笑われているのではなかろうか。だとすれば気の毒である。悪気はない人なのだから。もっとも、私としては、善意をよせてもらうのも、ごめんこうむりたいが。

自業自得とはいえ、袋だたきにされた強盗グループの男が三人、警察官や市民に引っ立てられてきた。トルコ宝物展示場をおそった連中だった。粗末な服に、傷と痣だらけで、兇悪犯とはいえ、いささか憐れをもよおす光景だった。彼らが後ろ手に縛られている間に、あらたな登場人物がウィッチャー警部の前に立った。

「虎なんか、おりませんよ！」

コテイを着こんだ小男が、丸い顔を熟れたトマトみたいにして、まくしたてる。

「うちの曲馬団《サーカス》には虎なんかいません。そりゃあ、ほしいのは、やまやまですがね。インドでも中国でも、街角で籠《かご》に入れて売ってるようなものじゃないんです。高価《たか》いんです！　あ、思い出しても腹が立つ。あのボンベイの密売屋ときたら、一頭千ポンドなんて吹っかけてきやがって！　こうなったら入場料を三倍にしてでも……」

この男も、興奮と恐怖で失調しているらしい。どんどん話がずれていくな、と思っていると、

「ライオンだあ！」

「今度は本物よ！」

またしても絶叫がわきおこる。不謹慎ないいかただが、退屈する暇もありはしない。

二頭の、変に安っぽいライオンが、のそのそと出現すると、ウィッチャー警部が拳銃を抜いた。

ライオンの口から叫び声があがった。

「撃つな！　撃たないでくれ！」

叫んだだけではない、ライオンは後肢《あとあし》だけで立ちあがり、左右の前肢をあげている。説明を受けなくとも、事情は明白だった。

「このインチキ野郎！」

だれかが、曲馬団《サーカス》団長の襟首をつかんだ。

「めずらしいインドライオンが、聞いてあきれる。こ、この水晶宮《クリスタル・パレス》で、インチキ猛獣ショーを開いて善男善女をたぶらかすとは。せめて、もっとましなぬいぐるみを使え！」

「………」

「ええい、もういい、さっさと毛皮をぬげ！　うっとうしい！」

ウィッチャー警部の紳士性は、限界に近づいているようだった。もっと短気な人物であったら、抜いた拳銃を空中へ発砲したかもしれない。そうなったら結果は——割れくだけるガラス、絶叫と悲鳴、出口へと殺到する群衆、ころんで踏みつけられる幼児……さぞ悲惨なことになっただろう。

ここでまた、だれかが大声をあげた。見れば、大噴水を背に、男がひとり佇立《ちょりつ》している。

「みんな、何をしているのだ！」

若々しく、命令することに慣れた声だった。二十代も半ばと思われる若い紳士で、背が高く、口ヒゲは形よくカールされており、服装は完璧で、手には太くて重そうなステッキがあった。

「聴け、諸君。我々は栄光ある大英帝国の国民、女王陛下の臣民ではないか。敗れたことなく、領土に陽の没することなき大英帝国の一員なのだぞ。それが、この醜態《ざま》は何ごとか！我々は、警察官ごときの言いなりになって、おろおろしているだけでよいのか！」

警察官ごとき、とは失礼な言種だが、先刻のジョージの母親の態度とおなじく、警察の社会的地位は高くなかった。私がそっとウィッチャー警部に青年の名を問うと、教えてくれたが、

「コーネル・スペンサー・ウェストモーランド……知りませんね、残念ながら」

「べつの呼び名で有名だよ」

ドジスン講師が口を出した。

「第八代ケンジントン侯爵さ」

「……ああ、それなら知っております。いくつも名前をお持ちの方は、どうも憶えるのがめんどうで……」

ここで気づいて、あわてて弁明する。

「失礼。あなたのことではありません」

「いいんだよ。ルイス・キャロルなんてペンネーム、だれにも知られず、雲のように消えていってしまうのさ」

ふてくされたようにドジスン講師は応じたが、この予言がみごとにはずれたのは、読者諸賢もご存じのことである。ルイス・キャロルの名は「アリス」とともに、永遠に残るだろう。もっとも、本名のほうが知られなくなってしまったのは、皮肉な話だが。

ケンジントン侯爵は、ディケンズさえ感心するようなダイナミックな動きで、熱弁をふるいつづけていた。

「あえて、危険な人物と戦おうとはいわぬ。だが、このままずわりこんで朝を待つなど、愚かな行為だ。いや、それより悪い。臆病者の行為だ。我々は行動をおこすべきだ！」

言葉を切って、周囲を見まわす。気まずい沈黙は、ウィッチャー警部の声に破られた。

「どうすべきだとおっしゃるのですか、侯爵閣下！」

「水晶宮《クリスタル・パレス》の外へ出るのだよ」

「お言葉ですが、それは」

「危険は承知の上だ！」

若い侯爵はステッキで激しく床を突いた。

「ひとかたまりの、巨大な隊列をつくるのだ。女性と子どもを中心に置いて、周囲に男たちが厚い人の壁をつくる。謎の殺人者が手を出せないようにして、駅へ向かうのだ」

「でも外は嵐ですぜ」

「嵐ごときを恐れるな！」

自慢するようなことではないが、私は「若い貴族」という人たちに、いささか偏見を持っている。これまで何度か不愉快な目にあわされた経験があるからだ。

私心はともかく、いま嵐の屋外へ出ていくのは危険すぎる。何とか制止しなくてはならないが、どうすればよいか。考えこんでいると、すぐ傍で、変な音がした。かすれた、皮肉と嘲弄をこめた笑い声だ。予想をこめてかえりみると、予想どおりだった。笑い声の主はジェームズ・モリアーティである。

「とめないんですか？　あのモーゼ気どりを」

その言葉とともに、私は片手をあげて発言を求めていた。ケンジントン侯爵の眉が不快そうに動いた。

「何がいいたいのかね、君は？」

「勇敢と無謀はちがうのだ、ということです」

「ほう、えらそうに！　君には区別がつくのか」

「クリミアでの経験から申しあげております」

侯爵の表情が変わった。

「クリミアのどこだね？」

「バラクラーヴァです」

答えた直後に、沈黙が返ってきた。ケンジントン侯爵は、顔をあからめ、頭からシルクハットをとった。

「そうか、それは失礼した。まさか、君が、バラクラーヴァの英雄だったとはね」

私は憮然として応じた。

「英雄なんかではありません。ただの身のほど知らずですよ」

わずか六百騎そこそこで、ロシア軍の強大な砲塁を占領しようと、歩兵の援護もなく突進した「世界最強の騎兵隊」。笑うべきか、泣くべきか。

またひとりの老人が怒声をあげた。

「愚か者！　六百騎の突撃が何ほどのものじゃ。ワーテルロー大会戦のときには、一万騎のフランス騎兵が、わが軍の陣営めがけて殺到してきたんじゃぞ。しかも、指揮官は、あのミッシェル・ネイ元帥じゃった」

「ネイ元帥……『勇者のなかの勇者』といわれた人ですね」

ネイ元帥。敵ながら、ナポレオンについでイギリス人に人気のあった勇猛なフランスの軍人である。

「地をゆるがす、とは、まったくあのことじゃった。眼前ことごとく敵、何千本ものサーベルが夕陽にきらめいて、光の波になった。わしゃ、あやうく洩らし——いや、これはレディの前で失礼」

「お気になさることはございませんわ」

レディあつかいされたので、メープルは気を良くして、老人にほほえみかけた。

ほとんど同時に。

「な、何をするんだ⁉」

恐怖の大声が私の耳をたたき、群衆の一角が、沸騰するようにくずれるのが見えた。

Ⅲ

黒いマントの男だった。あいつが「死神《デス》」だろうか。

「あいつだ、きっとあいつが犯人だ！」

あいつとはだれか、もはや問うまでもない。群衆を溶かすように飛び出していったのは、

「待て！」

そういわれて待つような変人はいないが、そう声をかけるのが慣習であり、礼儀でもある。イギリスだけでなく、インドでもアメリカでも中国でもおなじだろう。

はためくマントの端をつかもうと、警察官は手を伸ばした。とどかない。ウィッチャー警部に私、それに二十人ばかりの男たちが、殺人鬼を追って駆け出す。ケンジントン侯爵もいた。見れば右手にはフランス製とおぼしき優雅な形の拳銃がある。クリミアの戦場で、フランスの士官たちが見せびらかしていたものに、よく似ていた。

マントの男は、おどろくべき快足で、追跡者たちとの距離を、しだいに開いていく。エフェソスの女神像の近くで、息を切らしたケンジントン侯爵が立ちどまり、拳銃をかまえる。ウィッチャー警部が制止しようとした直前、侯爵は舌打ちして拳銃をおろした。思ったより、分別があるらしい。

「嵐が長いな」

あいかわらず視界は光と闇の交錯だ。

「強烈なだけに、時間はかえって短いと思ったんだが」

「おじさま、嵐がやんでも、列車は動いてないわ。ロンドンへもどるのは無理よ」

「やれやれ、客室に閉じこめられて朝を待つだけってことになるわけか」

頭ではわかっていても、気分が納得しない。ロンドンのわが家では、マーサが心配と不安の大樽をかついで台所を歩きまわっているにちがいなかった。連絡のとりようもない。念のために申しあげておくが、電話のない時代である。

それにしても、いまや水晶宮《クリスタル・パレス》は大英帝国の縮図と化していた。広大な領地を持つ貴族から、貧しい労働者まで、一カ所でひしめきあっている。

私は、秘書らしい男たちにはさまれて、堂々と立っている大男の姿を再発見した。自由党の巨頭、ウィリアム・エワート・グラッドストーンである。

「おそれながら、女王陛下、わが国では犯罪を取りしまることはできますが、思想を取りしまることはできません」

女王陛下が無政府主義者《アナキスト》たちの取りしまりを命じられたときのグラッドストーンの返答。女王陛下はご機嫌ななめであらせられたそうだが、これでこそ大英帝国のあるべき姿である。テニスンやグラッドストーンの努力によって、事態は多少なりと改善されたようだった。

群衆は喚いたり騒いだりするのに、疲れはじめたのかもしれない。気づけばもう夜だ。売店のパンやパイもすっかり売りきれて、身分の上下にかかわらず、大英帝国の臣民たちは平等に空腹をかかえこんでいた。

空腹は人をいらだたせ、非寛容にする。たいていの革命は、「パンをよこせ!」からはじまるものだ。

もう何度めのことやらわからないが、だれかが怒声を発した。

「何か、武器になるようなものはないか⁉」

それにつづいて、

「おれたちに何か武器をよこせ!」

「殺人鬼は、おれたちでかたづけらあ!」

興奮の声が連鎖する。

「だからいやなんだ、群衆ってやつは」

苦々しげに吐きすてたのは、この場にいた人物たちのなかの最年少者のひとりだった。ジエームズ・モリアーティである。

「大きな声を出す者がいると、自分の頭脳《あたま》で考えることをやめて、ひとつの方向へどっと走り出す。その間に、何人もが踏みつぶされて、だれも責任をとりゃしないんだ」

私が彼の顔を見ると、彼も見返した。というより、にらみつけた。

「こんな世の中は、いつか――」

そこまでいって、ジェームズは急に口を閉ざした。男たちが、わめきあっている。

「ガラスをぶち割って外へ出るんだ！」

「世界に誇る水晶宮《クリスタル・パレス》のガラスを割るのか⁉」

「ガラスが割れたって、つくりなおしゃいいだろうが！　人命のほうを、だいじにしろよ！」

「はやまるな、うかつに割ったら、かえって危険だ。外から雨と風が、ものすごい勢いではいってくるぞ」

「外へ出ていこうといってるのに、雨風がはいってくるのを心配して、どうするっていうんだよ」

「屈強な男ばかりじゃないぞ。か弱い女や子どもが多勢いることを考えろ！」

「へん、おれは、か弱い女なんて見たことがねえね。男を張りたおす女なら何百人も見たけどな」

双方、興奮しているので、論争が奇妙な方向へ逸《そ》れていく。

私は、ガラスごしに外を見たが、光と闇ばかりで、折れた木の枝がガラスにぶつかってくる。私はウィッチャー警部に語りかけた。

「やっぱり無理です。女性や子どもは、とても駅までたどりつけませんよ！」

「しかたないな。ひと晩の辛抱だ。かたまって一夜を明かしてもらおう」

「警部」

「うん？」

「嵐は警察のせいではありませんよ。気になさる必要はありません」

「ありがとう」

そう応じてから、ウィッチャー警部は、やるせない表情を浮かべた。

「だが、そう思ってくれない連中のほうが、圧倒的に多いんだな」

群衆の心情《きもち》は私にもわかる。せっかくの好天に、家族そろって水晶宮《クリスタル・パレス》へと来てみれば、いきなり天候が激変して、ガラスと鉄の宮殿に閉じこめられてしまった。帰宅する方法とてなく、空腹をかかえ、しかも殺人鬼がどこかにひそんでいると思えば、眠ることもできない。警察にからむていどのことしかできないわけである。

いきなり、群衆の一角から怒声がおこった。警察官のひとりが、だれかとだれかのもみあいを制止しようとしたかと思うと、たちまち投げ飛ばされたのだ。警官の身体は回転しながら宙を飛び、ホールの隅のエジプトの工芸品をならべた陳列台に激突した。

首飾り、王冠、腕輪などが宙に舞い、ガラスの割れる音がひびいた。顔からガラスに突っこんだ警察官は、上半身を血まみれにしてもがいている。傍にいたジェームズがつぶやいた。

「あきれたな」

エメラルド製のはずの胸飾りが、無残にひしゃげている。安っぽい偽物だ。どうやら水晶宮もすこし格が落ちたと見えて、偽物や安物をならべるようになったらしい。

「おじさま、あぶない！」

メープルの声を聞いて身をひるがえすと、危険が目の前にせまっていた。黒いマントをひるがえした仮面の男が、ステッキで周囲をなぎ払いながら突進してくる。私は、新米《ルーキー》の闘牛士の気分を味わったが、ここで逃げるわけにはいかなかった。というより、逃げる間もなく、ステッキでの応戦を強いられた。

ステッキどうしが激突し、かたい音とともに、火花らしきものが四方に散る。

対手《あいて》は剛力だった。私のステッキは、あやうく持ち主の手から離れて飛び去るところだった。私は跳びのき、ステッキをにぎりなおして――仰天した。ステッキの激突した部分が半ば折れて、その上方の部分がぶらぶら揺れていたのだ。もう一回、撃ちあえば、完全にへし折れる。

私のおどろきに一顧もくれず、怪人は猛烈な刺突《つき》をくり出してきた。どうしようもなく、私はステッキで猛撃を払いのけた。私の予測は完全に的中して――うれしくも何ともないが――ステッキは、いっそ小気味いいほどの音をたて、まっぷたつに折れた。

どこにそんな余地があったのか、考えれば不思議だが、いつのまにやら群衆は四方にしりぞいて、私は怪人を対手に闘技場で決闘しているような案配になっていた。

私の頸《くび》すじを、ぬらぬらした冷たい汗が流れ落ちた。まずい。クリミア戦争の後遺症が身心の奥深くから這いよってくる。

呼吸が浅く速くなり、心臓の鼓動が強く激しくなってきた。咽喉《のど》もとから胃にかけて、無形の苦悶が、かたまりとなって押しよせつつある。

私はよろめく足を踏みこたえ、半分だけになったステッキをにぎりなおした。敵のふところに飛びこんで、目を突いてやる。

「おじさま……!」

だれかが私を呼んでいる。目を見開いてはいるが、半分も役に立ってはいなかった。最後の戦法が失敗したら、待っているのは確実な死である。一撃で頭をたたき割られるか、咽喉《のど》を突き破られるだろう。バラクラーヴァでロシア兵がイギリス兵にそうされたように。

満場が私の死を待ちかまえているように思えた。ウィッチャー警部でさえ、気をのまれたのか、拳銃をつかんだ手を動かせないようだ。

突然、場ちがいな声が私の耳をたたいた。

「お嬢さん、やめてください。そ、それはインドの至宝ですぞ。ムガール帝国のアクバル大帝の御宇《みよ》に、宮廷への献上品としてつくられた、ジャグラートの水瓶です。いったい、いくらすると思って……」

「まとめて弁償してあげるわよ！」

擲弾兵《てきだんへい》のポーズをとったまま、メープルの声が叫びかえす。

「真物《ほんもの》ならね！」

アクバル大帝時代の真物だか偽物だかが、宙を飛んだ。大きな円筒で、たぶん矢筒だと思う。それは怪人の頭部を直撃するコースをとって宙を飛んだが、命中はしなかった。怪人は自分のステッキをふるって、矢筒をたたき落としたのだ。筒と床がぶつからないうちに怪人は身をひるがえし、群衆の一角に躍りこんで、悲鳴のなか、姿を消した。

死は急速に私から遠ざかった。私は折れたステッキを手にしたまま、両ひざを床についた。

ひとりの男が群衆のなかからよろめき出た。

「ああ、何てこった、来るんじゃなかった……」

それ以上いえず、男は左手で口をおさえ、右手で服のポケットから汚れたハンカチを取り出した。服装のみすぼらしさからいって、労働者階級の男だろうが、ハンカチを持っているとは、りっぱなたしなみである。残念ながら、何十日も洗っていないようで、私は、クスタリの野戦病院で最初に傷口に包帯を巻かれたときのことを、ふと想い出した。あのときはまだナイチンゲール女史が赴任しておらず、包帯は黄色く汚れ、かわいた血がこびりついていたものだったが……。

Ⅳ

問題は、汚れたハンカチではなかった。彼がもう一方の手ににぎっていたタロットカードだ。死体のひとつの背中に置かれていたという。

タロットカードに描かれた絵を一見して、ウィッチャー警部が歯ぎしりした。

「死神《デス》だ……」

大きな首斬り鎌を地に突いた骸骨が、黒い背景のなかで笑っている。私はようやく立ちあがった。メープルが背中をかるく何度もたたいてくれて、嘔吐感はおさまっていた。

「疑う余地はないな。犯人《やつ》は自分の名を売り出そうとしている」

「名を売り出すために、連続殺人を？」

私には理解できなかった。

「これまでで、殺されたのは七、八人いるでしょう。だれが、何のために？」

「七、八人じゃききませんよ」

警察のひとりが、ひさしぶりに口を開いた。

「私らは、ひとあたり見てきましたが、死体の数は十六体ありました。イグアノドンにつぶされたひとりをのぞいて、全員、頭をもぎとられていましたよ。目撃した人たちに話を聴いてみたら、つい二、三分の間のことだったようです」

「そんなに短時間で……」

ジェームズがひさしぶりに口を開いた。

「人間は、同時に別々の場所に存在することはできませんよ」

「そんなことはわかって――」

どなろうとして、私は息をのみ、ウィッチャー警部と顔を見あわせた。

「死神《デス》は、ひとりじゃない⁉」

私だけでなく、ウィッチャー警部の額にも冷たい汗が光った。

「ようやくお気づきになったようですね」

「君は気づいていたのか、ジェームズ？」

「ええ、だって、ひとりでできることじゃないから」

「なぜ早くいわなかった⁉」

「尋かれませんでしたから」

私は絶句した。

「どうせ、ぼくの話を、まともに聴いてくれる人はいませんから。父親からしてそうだ」

ジェームズの家庭の事情に興味はあったが、それ以上に私は、あらたな情報に戦慄した。

「死神は、ひとりではない」

水晶宮《クリスタル・パレス》内の危険は、二倍以上にふくれあがった。一夜で死体の山ができるかもしれない。

そんな事態になったら、私は徹底的に利己主義的な行動をとるつもりだった。何か頑丈な道具を使って、ガラスをたたき割り、メープルをつれて外へ逃げ出す。他人は他人の運命か決心にしたがえばいい。暴風雨のほうが、複数の死神より、すこしは安全だろう。

とたんに、天罰が下った。

私の眼前に、忽然と黒い影が出現したのだ。

悲鳴があがったのは、私の周囲からで、私自身は、ぽかんと口を開いたまま無言で立っていた。こいつ、どこからどうやってあらわれたのだ？　もしかして、これは現実ではなく、仕事疲れのはての悪夢ではないのか。

だが、そうではなかった。こいつは先ほど私を殺しそこねて、いまいましく思い、わざわざやりなおしにやってきたのだ。

「おじさま、そいつ、二階の回廊から飛びおりたのよ！」

メープルの声が、私の迷妄をさました。

「これを使って！」

一本の鉄の杖が手渡されると、べつの声があがった。

「いかん、いかん、それは大事な商品だ！」

「エジプトの王笏《おうしゃく》だとでもいうの？」

「ちがうちがう、ええと、たしか、そうだ、古代メディアの神官が儀式に使った、天をささえる杖——」

「……の偽物ですね」

冷然とジェームズ少年が決めつける。

私はジェームズを信じることにした。実をいうと、そのほうが気が楽だったからだ。いかに非常事態とはいえ、古代メディアとやらの遺宝を武器にしたくはない。第一、一発でくだけてしまうだろう。

私は杖をつかみなおした。余分な力をこめず、やわらかくにぎると、怪人めがけて、すり足で二歩すすむ。三歩めに、前ぶれなく、杖を高速で突き出した。

この一撃が決まれば、対手《あいて》は顔の中央を突きくだかれるはずだった。そこにあるのが、鼻か脳かわからないが。

私のもくろみは、だが、はずれた。死神《デス》は私の必死さをあざけるように、首をかるくかたむけて、杖をかわしたのだ。

「おじさま、がんばって!」

私は返答しなかった。返答する余裕がなかったのだ。敵はおそろしく強かった。動きが速く、右から左へ、その逆、と、たてつづけに撃ちこんでくる。しかも、一撃ごとが鋭く重く、私は防ぐのが精いっぱいだった。

「こいつ、実戦経験があるな」

いまごろ気づくとは、まぬけ《ステユーピツド》としかいいようがない。クリミア戦争に従軍して、生命《いのち》からがら生還した男が、イギリスじゅうに何十万人いることだろう。私は、ありふれた帰還兵にすぎなかった。

私は知らなかった。私が苦戦している間に、メープルが、これはあたらしいヴィクトリア時代の花瓶をつかんで二階の回廊に駆け上っていったことを。

死神がステッキを持ちなおし、私は二歩分の距離を跳びすさった。

その瞬間だった。両手に花瓶をかかえていたメープルが、手を放したのは。

花瓶はまっすぐに落下し、死神《デス》の頭部に激突してくだけ散った。私と死神は、回廊の手摺のほぼ真下で対峙していたのだ。

死神は半歩よろめいて踏みとどまった。水と花と割れた花瓶の破片にまみれ、死神はひとつ頭を振ると、階上をにらみあげた。私も、姪のおてんばぶりを知ってはいたが、さすがに唖然として階上を見あげた。

じつのところ、メープルの行為は、乱暴きわまるものだった。常人なら昏倒したであろうし、悪くすれば死に至ったかもしれない。だが、死神は常人ではなかった。メープルの姿をたしかめた瞬間、彼は私をすてて宙を飛んだ。

二十四フィートの高さを、助走もせずに跳びあがったのだ。

「おお、神さま《オー・マイ・ゴッド》！」

「何てことだ《オー・マイ・ゴッド》！」

「ウソだろ《オー・マイ・ゴッド》！」

「信じられないわ《オー・マイ・ゴッド》!」

階下で騒ぎたてる群衆には目もくれず、死神は憤怒の権化となってメープルにせまった。

メープルは怪人をにらみつけながらも、一歩、二歩と、しりぞかざるをえなかった。

私はようやく昏迷から解放され、すると叔父たる者の義務を思い出して、猛然と行動にうつった。

右手に杖をにぎったまま、私は大階段へ駆けつけ、駆け上った。心臓と肺が酷使されて抗議の声をあげたが、あとで特別賞与を出してやることにして沈黙させた。階上に躍り出る。壁ぎわに追いつめられたメープルと、にじり寄る死神《デス》の姿を見た瞬間、理性がはじけた。左側のテーブルにおかれていた何かを、力まかせに投げつける。

何か感じたのか、死神は電光のように振り向き、それを肘《ひじ》で払った。壁に激突して砕け散ったのは青緑色をした中国製らしい磁器《じき》だった。

V

私はテーブルの端を持ちあげると、死神のほうへ、引っくりかえすように押しやった。死神の注意がそれた瞬間、メープルは横へ跳んで、死神の手から逃れた。さらに壁にそって私のほうへ近づく。

私がこわした中国磁器は、全人類の至宝か、小悪党どものでっちあげた偽物か、判別がつかなかった。私には古美術品の鑑定眼などという、とうとい素質はないのである。

私は全力をこめて、テーブルを完全に引っくりかえすと、その脚をつかんで床の上を押した。階段口まで押していくと、下方へ向けて、すこしかたむけた。メープルが私のほうを見た瞬間、私はどなった。

「メープル、乗るんだ。飛び乗れ！」

聡明な姪は、たちどころに私の意図を理解した。壁にそって横に動くと、突然、方向を変え、半ば身を投げ出すようにテーブルに飛び乗った。

私は渾身の力をこめてテーブルの両脚をつかみ、階段の下り口まで押してから、思いきり突き放した。

同時に私自身も回廊の床を蹴って、テーブルに飛び乗った。天板の裏にだ。

私と姪を乗せたテーブルは、不平の声を鳴らしながらも、上下さかさになった姿勢で、階段をすべり落ちていく。

三、四段めから加速度がついて、フランスやロシアで流行しているジェットコースターみたいになってきた。

このままいくと、踊り場の床に墜落する。メープルの肩を抱いて、飛びおりるタイミングをはかっていると、目の前に踊り場の床がせまってきた。

激突する！

ッションの小山。

「飛びおりろ！」

声がひびいて、手を振るドジスン氏とジェームズ・モリアーティの姿が見えた。

テーブルが踊り場の手摺に激突する。同時に私とメープルは宙に飛んだ。頑丈なテーブルは、手摺を打ちくだいて、怒りと不満の咆哮をあげ、宙で一転二転しながら階下へと落ちていく。いくつかの人影があわてて四散するのが視界に映った。そして、つみかさねられたクッションの小山。


私とメープルは抱きあって十二フィートを落下した。三重四重にかさねられたクッションの上に、私が下になって。身体がはずみ、息がつまったが、生命はあった。

「やあやあ、よ、よかった、ほんとによかった」

ドジスン氏は全身に喜びをあふれさせて、私に抱きついてきた。

見なおす気分で、私は礼を述べた。

「ドジスン先生、ありがとう、あなたは生命の恩人です」

「い、いやあ、そんなおおげさなものじゃな、ないよ。ぼくにはクッションをつみあげるていどのことしかできないからねえ、とにかく、よかったよかった」

私はジェームズ・モリアーティに向き直った。

「君もだ、ジェームズ、おかげで助かったよ、ありがとう」

「そんなことといってる場合じゃありませんよ」

愛想の欠片もなく、ジェームズ・モリアーティ少年は応じた。恩人ではあるが、どこまでも可愛げのないやつである。

だが、まったく、ジェームズのいうとおりだった。出しぬかれた死神《デス》は、階上から飛びおりて、たちまち私につかみかかってきたのだ。

はずみでカラスの仮面がはねとんだ。その下にある素顔は……。怪人の顔が変形するのを、私は見た。

眉がずれはじめた。血管の浮き出た白眼が、蛍光色の皮膚に溶けこんでいく。鼻梁が沈みこんだ。上下の唇が形も色も沈みこむ。歯茎までむき出しになった口は、上下が密着して消えつつあった……。

「うわあ、怪物！」

叫んだが、胸の奥でだけだった。叫びどころか小さな声すら出てこない。むなしく口を開閉させながら、私は、自分の想像力をこえる光景から視線を逸らせることができなかった。

「ニーダムさん、大丈夫ですか⁉」

コイツハイッタイナンダ、ナニモノナンダ？

「おじさま、気をつけて！」

ウィッチャー警部とメープルの声が耳にとどく。そちらを見る余裕はなかった。たぶん警部は拳銃を手にしているだろうが、死神と私がもつれあっているので、撃つことができないでいるだろう。

怪人と私は床の上をころげまわって争闘した。私は逃げ出したかったのだが、怪人が放してくれなかったのだ。対手《あいて》が絶世の美女なら、望むところだったのだが。

私は五発ぐらい死神《デス》を殴りつけたが、その二倍近く殴られた。これでは計算があわない。

だが一撃を口のあたりにくらわせてやったとき、異様な感触を拳に感じた。人間の顔ではなく、ゴムでも殴りつけたような感触だった。まぬけな私は、ようやく気づいた。これは素顔ではなく、何やら得体の知れない素材でつくられた仮面だったのだ。二重の仮面。

仮面が割れて——その下からあらわれたものは、これまた人の顔ではなかった。

青白い楕円形の顔面には、目も鼻も口も存在しない。皮膚の表面は、何十もの突起におおわれ、それが伸縮している。口のあるべき場所には、白いミミズのようなものが群生しており、おぞましくうごめいていた。

要するに、グロテスクのきわみであって、私は恐怖と嫌悪感に挟撃され、思わずよろめいてしまった。

対手《あいて》が私の不覚を見逃すはずがない。足に衝撃を受けて、私はもんどりうった。みごとな足払いをかけられたのだ。床にたたきつけられて、一瞬、息がつまる。すぐ傍を、ガラスをこすりあわせるような嘲笑が通りすぎていった。なぜか死神は私にとどめをささず、暴風のように逃げ去ったのだ。

頭を振りながら起きあがろうとすると、だれかが私の手を引いてくれた。メープルだ。濃い褐色の瞳に心配の色が浮かび、安堵の色に変わっていくのを、私は力なく眺めた。

救いは一度にやってきた。午前五時のことだ。

「雨の音がやんだ！」

「風もやんだぞ」

「もうすぐ夜が明ける」

これは誤りだった。午前九時をすぎなければ、夜は明けない。しかし、冷たい雨とみぞれを降らせた雲が退却していくと、晴れきった空に月の光が満ちて、水晶宮《クリスタル・パレス》の内部を、青く静かに照らし出した。

「外へ出られるぞ！」

だれかが叫ぶと、わあっという歓声が爆発した。群衆は、たがいに助けあったり、逆に突き飛ばしあったりしながら、出口へと殺到した。

「皆さん、おちついて、おちついて、一度に出口へ殺到してはいけません。負傷《けが》をしますぞ！」

ウィッチャー警部が叫んでいる。

「出ないでください。出ないで。出るなったら！」

ウィッチャー警部としては、入場者全員を順次、尋問してから外へ出したかったにちがいない。しかし、一夜以上、ガラスの地獄に閉じこめられ、恐怖におののいていた二万人の老若男女を、わずかな数の警官でコントロールするのは不可能だった。ナポレオンやウェリントン元帥だって、恐怖に駆られて敗走する兵士たちを、押しとどめることはできなかったのだ。

それでもウィッチャー警部は努力したが、

「とめてもムダですよ」

冷然と、ジェームズが意見を述べた。まったく、この少年には、「冷然」という表現がよく似あう。同時に、だれにも無視できない正当性と説得力をそなえている。末おそろしい、とは、まったくジェームズ・モリアーティのためにあるような言葉だった。

「第一、二万人もの人を引きとめて、どうするんですか？　順番に尋問するんですか。ひとり一分ですませるとしても、二万分、つまり三百三十三時間二十分かかりますよ。日数にして……」

「わかったわかったわかった」

ウィッチャー警部は両手を振って、ジェームズを沈黙させた。

「皆さん、どうぞお帰りください。殺人事件の捜査は、あらためて執りおこないます。その節はぜひご協力を」

かさねがさね警部には気の毒だが、だれも聞いていなかっただろう。ふと私は、左横にジェームズ・モリアーティが立っていることに気づいた。

「君も、変なことに巻きこまれて、えらい災難だったな」

「いいえ、いろいろ勉強になりましたよ。将来きっと何かの役に立つと思います」

殊勝な台詞だったが、ジェームズ少年の声には、どこか人を落ちつかない気分にさせるものがあった。ウィッチャー警部が溜息をつく。

「結局、逃げられてしまったか」

「しかたありませんよ、二万人にまぎれて逃げ出したんですもの。見つけようがないでしょ」

メープルがなぐさめた。ウィッチャー警部は、いわば「疲れきった苦笑」とでもいうべき表情でうなずく。メープルはすこし考えてから、私にささやいた。

「ねえ、おじさま、あの怪人、水晶宮《ここ》に住みついているのかもしれないわ」

「ここにかい？」

突拍子もない考えのように思われた。だが、笑いとばす気にはなれなかった。

「ありえますね」

ジェームズ少年の声は、生徒をほめる教師のようだった。

「この広さで、隠れる場所はいくらでもあるし、一日二万人が出入りするんだから、金銭や食料を手に入れる方法だって、いくらでもある。ああ、そんなことといってるより、家に帰らなきゃ。ではこれで失礼します」

帽子のつばに手をかけて一礼すると、ジェームズはするりと群衆のなかにまぎれこんでいった。

自然の嵐は去った。だが、人為的な嵐はまだ残っていた。

というより、もっとひどいことになりそうだった。ロンドン内外に散らばった二万人の男女が、口をつぐんでいるはずはない。あらためて警察へ駆けこむ者もいるだろうし、新聞記者だっている。家族に話すのは、もちろんのことだ。

一方、水晶宮《クリスタル・パレス》の外にいた人々も、おとなしく静まりかえっている理由はなかった。そもそも、ピクニックに出かけていった家族や知人が、嵐のなか、ひと晩じゅう帰ってこなかったのだ。心配するのは当然である。

一片の噂でロンドンじゅうが煮えくりかえることは、暗夜に灯火を見るより明らかだった。しかも今日は休日ではない。家に帰るどころか、会社に直行しなくてはならないかもしれない。いやいや、その前に、まずロンドンへ帰り着く必要がある。ふたつの駅は、興奮した二万人の客であふれかえっている。いっそ半日かけて歩いて帰ったほうがましかもしれないが、いかんせん、体力を費《つか》いはたしてしまった。

悲観的な気分のなかをただよっていると、肩に手をおかれた。振り向くと、大詩人テニスンが寛大な微笑をたたえている。

「君たち、今日は店を休むのだね。昨夜の君たちの奮闘については、私がミューザー社長に話しておいてあげよう」

まさしく神の言葉だった。

第四章

謎の青年の正体のこと
捜査助手の悩みのこと

I

ロンドン市民のみならず、イギリス人の自慢の宮殿であった水晶宮《クリスタル・パレス》は、まがまがしいガラスの魔城になってしまった。

門は閉ざされ、愉しそうな家族客の姿は消えて、いかめしいヘルメット姿の警官たちが、不機嫌そうな顔つきで巡回している。もともとロンドン警視庁《スコットランド・ヤード》は人手不足なのに、さらにひどい状態になりそうだ。

十一月としては信じられない好天で、暖かいとさえいってよい陽光が降りそそぐ。不幸中の幸い？　否、こんな神の恩寵の日に、十六人もの死者を検分しなくてはならない、とあっては、不機嫌さもいやますというものだ。

見てきたようなことを記述したが、これは後日に聴いたことで、私たちはロンドンへ帰っていた。駅は人であふれ、始発の列車は八時ということで、私とメープルは観念して歩き出したのだった。未明の午前五時すぎに水晶宮を出て、七マイル歩けばロンドン市内に着く。

三時間というところか。

「そのまま会社にいけば、まにあうな」

「おじさま、ひと晩じゅう寝てないし、食事もしてないのよ。テニスン先生もああいってくださったし、マーサも心配してるでしょう。無理なさらないほうがいいわ」

姪にそういわれると、急に疲労と空腹が挟撃してきた。いやな汗をかいているし、服も着替えねばならない。

私たちはロンドンまで未明の暗い道を歩いた。左右には南部イングランドの田園がひろがっているはずだが、夜明けは遠い。私たちとおなじく、ロンドンへ徒歩で向かう人々にまじって、暗く寒い道をとぼとぼ歩いていると、クリミア戦争のときの難民たちを想い出した。砲弾や銃弾が飛んでこないだけ、今回のほうがよほどましである。

夜明けとロンドン到着とは、ほぼ同時にやってきた。弱々しい冬の陽に照らし出されていく煤《すす》だらけの街が、天国の出張所に見えたくらいだから、よほど疲れていたようだ。

「まあまあ、おふたりとも、どうなさったんです⁉　マーサは心配で夜もろくに眠れませんでしたよ！」

マーサに詰《なじ》られながら、とりあえず生姜パン《ジンジャーブレッド》とレモンジュースで食事をすませ、ベッドにころがりこんで、起きたのは夕方だ。マーサのつくってくれたチキンシチューで夕食をとった。

一八四七年、東洋から新種のニワトリが輸入されてきた。コーチンチャイナとかシャンハイとか呼ばれ、これまでのイギリスのニワトリより、肉も卵もはるかに美味だった。かくしてニワトリは、わが国の食卓になくてはならないものとなった。

一夜が明けて、目玉焼きにベーコン、トーストに焼きトマト、紅茶、昨晩のシチューの残りを温めなおしたもの、と並べると、けっこうな朝食になった。ベーコンとともに、ささやかな幸せを噛みしめていると、わが家の情報局長官が、両腕いっぱいに新聞をかかえて飛びこんできた。

「おじさま、わたしたちが眠ってる間に、新聞は大騒ぎ《ドッグ・アンド・キャッツ》だったらしいわよ」

「ふーん、どれどれ」

ロンドンの新聞業界は、水晶宮《クリスタル・パレス》の怪事件に、もちろん狂喜乱舞だった。おどろおどろしいイラストをそえて、さらにおどろおどろしい文章が紙面に躍っている。

「水晶宮に謎の怪魔人あらわる！」

「二万人の目撃者、恐怖の証言、『あれは人間じゃない』」

「謎の青年、怪魔人と格闘！」（だれのことだ）

「犠牲者は十六名」

「被害者は二十名」（数字がちがう！）

「二階の回廊まで二十四フィートを跳躍！」

「警察いまだ公式発表なし」

「現場にいた警察官もなす術《すべ》なし」

「犯人の目的は何か？」

「無政府主義者の陰謀か」

無責任な報道を読んで、私は慄《ふる》えあがった。いまさら「死神《デス》」が怖くなったわけではない。三番めの記事であった。

私が「うわあ」と頭をかかえたのは、三番めの記事であった。

「謎の青年、怪魔人と格闘！」

と書かれたやつだ。

「謎の青年」にされたあげく、正体を知られたら、たいへんなことになる。わが家にも、職場にも、礼儀知らずの新聞記者どもが、ネズミの大群のごとく押しよせて来るだろう。

私のほうは「謎の怪魔人『死神』」のように、顔をかくしてはいなかったから、おおぜいの人に見られている。もっとも、あのガラスごしの嵐、光と闇の激突するなかだ。きちんと顔の造作を確認されてはいないだろう。

「だいじょうぶよ、おじさま」

私の憂慮を看てとって、メープルが明言した。

「ほら、こんなイラストが載ってるくらいだもの、おじさまの姿形なんて、正確に伝わってるはずないわよ」

メープルに一枚の新聞を差し出されて、私は目をやった。とたんに、よけいな心配が英仏海峡の彼方へと飛び去っていくのを、私は実感した。

「これが殺人鬼『死神』だ！」

というフレーズの真下にイラストが描かれている。ライオンの毛皮を頭からかぶった骸骨が、ステッキを片手に飛びはねている図だった。

「だれかいいかげんな証言をしたやつがいるな、謝礼金めあてだろう」

「新聞にとっては、ありがたい情報提供者ね」

「当の死神《デス》がこのイラストを見たら、さぞ怒るだろうな。これじゃ曲馬団《サーカス》の道化役《クラウン》以下だ」

時計が鳴った。出社の時間だ。仕度をすませたメープルが提案した。

「ハイド・パークを通っていかない？　おじさま」

「そうだな、すこしいい空気を吸おうか」

奇蹟的な好天だ。すこしでも神のささやかな恩寵にあずかりたいものだった。

玄関へ出ようとすると、マーサが見送りに出てきた。ふと、何やら思い出したように、メープルがマーサを見やった。帽子をかぶりなおしながら尋ねる。

「あの子、昨日も来た？」

「はい、来ましたよ。朝と晩、二回」

隣のカニンガム家で冷遇されているメイドの少女のことだ。

「じゃあ、今日も来るわね、きっと」

「来ますとも。来なかったら餓死してしまいますからね」

怒りをおさえきれない口調で、マーサは断言した。

「わたしは睨んでるんですけどね、隣家《おとなり》の婆さん、あの子が我家《うち》に来ることを知ってるんですよ。知らんふりをしてるんです。メイドの食費が浮きますからね！　まったく、何て因業な婆さんでしょう！」

「決めつけてはいけないよ、マーサ」

私はいったが、マーサの言葉をうたがったわけではなく、あくまで礼儀の問題だった。

メープルが問いかけた。

「あの子の名前は何というの？」

「たしか、下の名前はアンでしたよ。しょっちゅう婆さんが、がなりたてて、力仕事までさせてますからね。苗字のほうはわかりません」

「こんど尋いておいて」

「よろしゅうございますけど、何をなさるおつもりなんですか」

「まだ秘密」

女性ふたりの話を聞き、カケスの鳴き声を聞きながら、内心で私は考えた。どうやら事実上の扶養家族がひとり増えそうだ。お隣のカニンガム家の老婦人に対して、とても好意は持てないが、十歳の少女を見すてるわけにもいかない。さいわい、少女ひとり分の食費を負担するていどの、経済的なゆとりはある。ここはだまって、女性陣の作戦にまかせておこう。

私とメープルは、マーサに見送られて玄関を出た。無風の空に、各家の煙突からまっすぐに煙が立ちのぼっている。

「地下鉄ができたら、その煙はどうやって処理するのかしら」

「さあね、技術者たちが考えているだろ」

この当時、まだロンドンに地下鉄は存在しない。世界中どこにも存在していなかったのだ。世界最初の地下鉄がロンドン市民の足の下を通過するようになったのは、一八六三年、つまり六年後のことである。地下鉄が開通したのはいいが、地上を走る蒸気機関車をそのまま使用したので、煙が充満して、たいへんなことになったものだ。

ハイド・パークを抜けていくと、リスが一匹駆けよってきた。メープルにじゃれつきながら、私のほうを見て小バカにしたように後ろの片肢で地面をたたく。私たちがマイケルと名づけた、おなじみのなまいきなリスだった。

「まだ冬眠してなかったの?」

笑いながらメープルが生姜パン《ジンジャーブレッド》のかけらを放ってやると、器用に口で受けとめて走り去った。

Ⅱ

物置、ではない、社長室で私たちを迎えたミューザー氏は、前日の欠勤を怒るでもなく、むしろ上機嫌であった。

「えらくたいへんだったようだな、ご両人」

「社長には、ご迷惑をおかけして申しわけございません」

「なに、私は寛大な経営者だからな。君たちの体験談が私を満足させてくれたら、減俸なしにしてあげるつもりだよ」

タヌキ親父《カンニング・オールドマン》は舌なめずりせんばかりである。よほど水晶宮《クリスタル・パレス》の怪事件の情報に飢えているらしい。こちらの戦術次第では、減俸額をゼロにできるかもしれなかった。

もっとも、よけいな戦術を駆使する必要はなかった。事実をそのまま語れば、充分すぎるほど社長の興味を惹きつけることができるのだ。

「ほう、仮面……へえ、二重の仮面……そりゃまた気味の悪い顔だな……しかし、何でまた、テーブルを引っくりかえして階段をすべり落ちようなんて気になったのかね？」

じつは私自身が知りたいくらいだった。たぶん、走って逃げても追いつかれる、と思ったからにちがいない。それに、そもそもあんな場所にテーブルがあったのがよくなかったのだ。

「……そんな事情《わけ》です。あの、減俸の件ですが……」

「気にせんでいいよ。どうせ最初から、減俸するつもりはなかったんだ」

「え？」

「昨日、テニスン氏がここに立ち寄っていったからな。もうワイト島に帰るとやらで、ほんの七、八分間ほどいただけだった。くわしいことは君らから聴くように、といってな」

「そうでしたか」

テニスン氏は約束をはたしてくれたのだ。私は心から感謝した。

「それはそれとしてだな、もうすぐロンドン警視庁《スコットランド・ヤード》のウィッチャー警部が、ここにやってくることになっとる。さっき、メッセンジャー・ボーイが手紙をとどけてきたところだ」

「へえ、水晶宮《クリスタル・パレス》の事件に関してでしょうか」

「そんなところだろう。君たちに尋きたいことがあるのかもしれん。待っていてくれ」

十分とたたずに客がやってきた。

ウィッチャー警部は、「憔悴」という題名の肖像画に描かれた人物みたいだった。私はロンドンっ子の例に洩れず、政府にも官憲にも好意を持っていなかったが、ウィッチャー警部個人に対しては尊敬に値する人物と思っていた。加えて、一昨日の奮闘をとくと見ていたから、心から気の毒に思った。

「お疲れのようだね、警部、まあ、すわってひと息いれなさい」

「ありがとうございます。まあ、たしかにすこし疲れておりますが、このていどでまいってはいられません」

「当社の社員一同に聴かせてやりたい台詞ですな。ところで、わざわざ当社に御用のおもむきは？」

「それです。じつは御社の社員、ミスター・ニーダムを警察の捜査に貸していただきたい」

ぐらぐらと本の山が揺れ、私とメープルはあわてて両手で崩壊をふせいだ。

「な、何で私を⁉」

「あの魔人の顔を正面からまともに見たのは、ミスター・ニーダムだけなのです」

「それはそうだろうな」

社長はうなずき、うそ寒そうに、太い首をすくめた。

「まったく、ニーダム君の人柄をよく知っていなければ、信じられる話ではないからなあ。仮面の下にまた仮面、そして素顔ときたら……」

社長は私を見やった。

「ニーダム君、その素顔とやらも、仮面だったんじゃないのかね」

この質問には意表をつかれたが、考えてみればその可能性はたしかにあることだった。

「さあ、手を触れていませんので、責任あることは申せません。ですが、あれが仮面だとしますと、その下にあるのもまた仮面かもしれません」

社長は鼻を鳴らした。

「タマネギの皮をむくような話だな」

若手の社員がコーヒーを運んできたが、だれも口をつけようとしなかった。ウィッチャー警部が溜息をついてだまっているので、ミューザー社長がしゃべり出した。

「目撃者は二万人近く。だけど、身元がわかったのは、百分の一くらいだ。有名人のお歴々はともかく、かかわりたくないんだろう。それにしても、死神《デス》とやらが二階まで跳んだというのは……」

「たしかに跳びあがりましたよ」

私は名誉にかけて断言した。

「二階の回廊まで、二十四フィートの高さを、助走もなしでね。世界高跳び大会でもあれば、優勝まちがいありませんよ」

最初の近代オリンピックがアテネで開催されたのは、一八九六年のことで、私がちょうど七十歳になったときになる。だから、このとき、「オリンピックで優勝できる」とはいわなかったのである。

警部が口を開いた。

「じつは上からの要請があってね」

「警視総監の命令ですか?」

「いいや」

「それじゃ、内務大臣」

「ちがう」

「まさか首相ではないでしょうね」

「首相でもない」

「それじゃ見当もつきませんよ」

私、メープル、ミューザー社長、三名の視線を受けて、警部は答えた。

「じつは夫君殿下《プリンス・コンソート》のご依頼なのだ」

これには仰天した。

「アルバート大公殿下の!?」

アルバート大公は、これまで単に「女王陛下の夫」だったが、つい最近、「夫君殿下」という正式名称を授与され、公的な地位を認められた。シブソープ議員などがいくら吼えたてても、彼の地位や権威はもはや揺らぐことはない。

何よりも夫君殿下ことアルバート大公は、水晶宮《クリスタル・パレス》の育ての親ともいうべき人だった。国民から建設費を募金するにしても、国民的な建設運動をおこすにしても、議会の承認を得るにしても、彼の熱心な協力活動がなかったら、不可能であったろう。そのアルバート大公が、水晶宮の惨劇に心を痛めるのも、当然のことであった。

「どうだろうね、ニーダム君、水晶宮を愛する者として、夫君殿下のご要望を、すげなく拒むことはできんだろ？」

「何だか、私より社長のほうが熱心に思えますが……」

「おや、そうかね」

「本業のほうは、どうすればよろしいのですか？　私は専門の警察官でも憲兵でもなく、しがない貸本屋の社員にすぎませんよ」

社長は眉をしかめてみせた。

「ニーダム君、いまの『しがない』は、貸本屋にかかるのかね？」

メープルが笑い出しかけて口をおさえ、私は憮然として答えた。

「もちろん、『社員』のほうですよ」

「それなら問題ない。君は社長命令により、この事件が終わるまで、警察の、というか、ウイッチャー警部の助手として活動するのだ」

「何で……⁉」

「そして、すべてが終わったら、この事件について本を書き、ミューザー良書倶楽部《セレクト・ライブラリー》でのみ、人々に貸し出すのですね」

メープルの言葉は、まさに明察というべきだった。ミューザー社長は、半球形の腹をかかえて笑い出し、手を拍《う》った。

「さすがさすが、ミス・コンウェイは聡明だ。そのとおりだよ。私はあくまで事業家だ。社会の役には立つが、損はしないさ」

「そういうわけなのだ、頼みますよ」

ウィッチャー警部が頭を下げる。私は追いつめられ、たぶん顔色は赤と青の間を往復したことだろう。それでもまだ、社長命令にしたがう気はなかった。

「できることなら、私はミス・コンウェイにも協力をあおぎたいくらいなんだよ」

ウィッチャー警部が苦笑をまじえて告げた。

「すてき！」

「とんでもない！」

姪と叔父は同時に叫び、わが最後の砦はあえなく陥落した。

「わかりました。やりますよ。やればよろしいんでしょう」

「やってくれるかね。いや、めでたしめでたしだ。持つべきものは優秀な社員だな」

持つべきでないものは、古ダヌキの社長だ。

メープルは本気で私といっしょに行動したがったが、いくら何でも未婚の少女を警察捜査の危険にさらすわけにはいかない。ミューザー社長としても、「優秀な社員」をふたりも欠くわけにはいかなかったので、世界最初の女性警察助手は誕生しないことになった。

その日は本業を整理して、帰宅すると、キッチンには隣家のメイドの少女がいた。夢中でフライドポテトとパンを食べていたが、私たちを見て、おずおずと頭をさげる。この少女よりは私は幸福だと思うことにした。メープルはマーサと何か話してから一枚の紙片に何か書きつけて少女に手渡した。

「これ、何?」

「あなたの名前よ、アン・ジョイス」

一瞬の間をおいて、少女の顔に、おどろきと歓《よろこ》びのかがやきがひろがった。

「アン・ジョイス、読んでごらんなさい。A・n・n・e＝J・o・y・c・e」

「アン……ジョイス……」

メイドの少女は、自分の名が記された紙片をだいじそうに折りたたんでエプロンのポケットにしまい、パンを持って帰っていった。

「あの子に字を教えてやるつもりかい」

「ええ、せめて活字体だけでもね」

私は姪をからかった。

「学校が嫌いで逃亡した女性が、わが家を学校にするとはねえ」

「いやなおじさま！　わたしのやろうとしていること、まちがっているかしら？　字ぐらい読めないとかわいそうだ、と思うのは傲慢？」

「いやいや、りっぱなことだよ。ただし、ふたつだけ条件がある」

「条件？　うかがいましょう、ミスター・ニーダム」

「お答えしよう、ミス・コンウェイ。ひとつ、対手《あいて》がいやがるときは無理強《じ》いをしないこと。ふたつ、お隣のミセス・カニンガムにくれぐれも知られないようにすること」

叔父は腕を組み、姪は腰に両手をあてて、たがいの表情を見つめあった。

「わかりました、ミスター・ニーダム、どちらの条件も正当なものと心得ます。順守することを誓い――誓い……」

そこで限界が来て、私とメープルは同時に噴き出した。

Ⅲ

後の時代のように、ロンドン警視庁《スコットランド・ヤード》の機構や制度がきちんと整備されていれば、私のような民間人が入りこむ余地などありえなかっただろう。警視庁が発足してまだ日も浅く、万事、試行錯誤の時期だったからこそ、可能なことだった。

その日、私はカバンのなかにスケッチブックを入れていた。何か役に立つかもしれないと思ったのだ。クリミア戦争以前、私は小さな新聞社の記者だったから、記事だけでなくイラストも自分で描くことがあった。

「とにかく十六人も殺されて、そのうち十五人が首なしとはなあ」

ウィッチャー警部は困惑しきっていた。

「被害者たちの身元はわかったんですか?」

「まだだ。なにしろ、名乗り出てくる遺族が、ひとりもおらんのだからね!」

ひとりで水晶宮《クリスタル・パレス》にやってきて、身元を証明するものも持ちあわせず、家族がいないので失踪の届け出もない。そんな者が十六人。約二万人のなかで、この数字はどのような意味を持つのだろう。私としては、おどろきあきれた末に、途方に暮れるしかなかった。

「殺されたのは、いったい、どこのだれなんだ⁉ なぜ、そろいもそろって、家族や知人が名乗り出ない? 全員が天涯孤独なのか?」

ウィッチャー警部は床を鳴らして歩きまわった。彼の周囲には長い机がいくつかならび、ひとつの机には四人ずつ刑事たちがならんで、背もたれのない椅子に腰をかけていた。どうしても姿勢が前かがみになる。その当時、たいていの勤め人はそうで、猫背の人が多かった。

「もしかして、無差別殺人ではなく、犯人は被害者を選んで殺害したのではなかろうか」

ひらめいた考えを、私はすぐ口には出さず、心のなかで吟味してみた。悪くない考えのように思えた。無差別殺人なら、被害者の遺族が何人かは名乗り出てきそうなものだ。全員、身よりがないということは、偶然ではなく、そういう者だけを選んで殺害したのではないだろうか。とりあえず私は、ウィッチャー警部に自分の思いつきを話してみた。

「君はなかなかおもしろい発想をするな」

「いいえ、それほどでも」

私の考えることぐらい、ウィッチャー警部は、とっくに推理しているだろう。彼は、あごに手をあて、眉をしかめた。

「ただ、そうなると、犯人が犠牲者を選ぶ基準は何だ？」

私にわかるわけがない。ただ、ウィッチャー警部が尋ねた相手は私ではなく、彼自身だった。そのことがわかったので、私は返答しなかった。

「首に用があったのかな」

よほど目立つ特徴があったのだろうか。私は、二重の仮面の下からあらわれた加害者の「顔」を想い出して、思わず身慄いした。あの「顔」だって本物とはかぎらないが、ではいったい……。

考えていると、どんどん悪い方向へ、想像力のボールがころがっていく。止めようがないので、放っておくことにしたら、ふと、ある考えが浮かんだ。

「ひょっとして、みんなおなじ顔……？　もしかして、よく似た顔の一族かもしれない」

同族の分裂と殺しあい。この九月、たった二カ月前に私とメープルはそれを経験したばかりだった。東ローマ帝国《ビザンチン》や北欧海賊《バイキング》の時代にまでさかのぼる因縁の帰結だ。

それとおなじようなことが、ふたたび生じたのだろうか。いや、古い一族どうしは、むしろ抗争するのが大多数なのだ。それが極端な形をとれば、おなじ血を引いた者どうしの殺しあいになる。

「警部！　ウィッチャー警部！」

叫びながら、刑事がひとり駆けこんできた。

「遺体安置所《モルグ》へおいでください！　とんでもないことになっております！」

「どう、とんでもないんだ」

「き、来ていただければわかります」

ウィッチャー警部は、部下の狼狽ぶりに舌打ちしたが、ちらりと私を見て、大股に歩き出した。むろん私も後につづいた。不吉な予感が、私の心臓を急《せ》きたてて、胸が鳴りはじめる。

階段を半ば駆けおり、「遺体安置所」と記されたドアを開けた瞬間、私たちは、刑事の狼狽ぶりに納得した。

「うわッ」

「な、何だ、これは……⁉」

私たちが見たものは、不幸な犠牲者たちの、首のない死体ではなかった。不潔な異臭を放つ泡のかたまりだったのだ。緑色にふくれあがり、雲のように泡だって、端のほうはテーブルから床へ、こぼれ落ちている。泡を受けたタイル製の床は、かつてのスクタリ陸軍病院を想い出させる汚れっぷりだったが、泡に較べれば、領主館《マナーハウス》の大ホールの床のように見えた。

とにかく領主館の大ホールには、こんな異様な悪臭はしないはずだ。

服のポケットからハンカチを取り出しながら、ウィッチャー警部がうめいた。

「どうやら君が正しかったようだ、ミスター・ニーダム」

ハンカチで鼻をおさえながら、ウィッチャー警部がうめいた。

「たしかに犯人は一定の基準によって犠牲者を選んでいる」

「……ですね」

「その基準というのが、これだ」

いやらしい不潔な緑色の泡に向けて、ウィッチャー警部は、あごをしゃくってみせた。泡は噴き出しつづけ、十五個の死体は、いまやまったく見えない。

「しかし、人間がこんな姿になるなんて……」

「いや、なあ、ミスター・ニーダム」

日ごろ沈着で堅実なウィッチャー警部の声が、わずかに、うわずっている。

「今度の事件は、人殺しではないかもしれんぞ」

この日、私が聴いた、もっとも不吉な台詞だった。

人殺しでないとすれば、殺されたのはいったい何なのだ。それらを殺害して首を持ち去ったのは何者なのか。

いきなり荒々しい音がして、文字どおり私は飛びあがりそうになった。

十五の死体（だったもの）をのせていた三つのテーブルが、ほとんど同時にくずれ落ちたのだ。緑色の泡が、机を侵食し、脚を折ったのである。それも、脚が折れるほど細くなったのは、溶かされたからだった。

「近づくな！　あの泡には、どんな毒物がふくまれているか、わからんぞ」

きびしい口調で、ウィッチャー警部が一同の惑乱を制した。彼を尊敬している刑事たちは、引き潮のように壁ぎわにしりぞき、恐怖と混乱にみちた目で、緑色の泡が拡大していくのを見つめた。

「いったん外へ出ろ！　遺体安置所《モルグ》は一時、閉鎖する。外へ出て鍵をかけろ」

私をふくめ、全員がさっそく警部の指示にしたがった。鍵がかかったのを三回ほど確認してから、地上へのせまい階段を二階まで一気に駆け上る。先のことはともかくとして、一秒でも早く、緑色の泡から逃れたかった。

ひと息つくと、べつの異臭がただよってきた。テムズ河の悪臭だ。

母なるテムズ河は、この当時、汚染の極致にあった。ゴミ、汚物、イヌやネコの死骸も流れてくる。ときには人間の死体までも。

テムズ河の大浄化作戦が実行され、河水の衛生状態が飛躍的に向上したのは、翌一八五八年のことである。私の家にも、風向きによっては異臭がただよってくるのだが、さいわいなことに、わが家はテムズ河の北にあり、冬の風は北から吹いてくるから、風上になって、被害はすくなかった。

階下で何やら騒ぎがおこったようだ。どなりまくる声と、それを制止する声とが入りまじって聞こえてくる。どなりまくる声は、朗々たるひびきをおびていて、私にはどうも聞きおぼえのある声のような気がしてきた。

ようすを見にいったほうがよいだろうか。しかし非常事態でもないかぎり、ウィッチャー警部の指示もなく行動するわけにはいかない。

大声がおさまったかと思うと、今度は階段を足早に上ってくる靴音がした。靴音の主が姿をあらわしたとき、叫んだのは私だった。

「ディケンズ先生!」

「おお、ニーダム君、一昨日《おととい》はえらい目にあったらしいなあ」

文豪チャールズ・ディケンズは、警視庁《スコットランド・ヤード》にも顔が利《き》く。かつてテムズ河でおこなわれた密輸船と水上警備隊との追跡劇に参加したことすらあるのだ。正義感と好奇心をバターで練り、皮肉のフライパンで焼きあげると、チャールズ・ディケンズができあがる。外国の有名人とも親交があり、この年の五月、アンデルセンがデンマークからイギリスを訪問したとき、ご両人のお世話をまとめておおせつかったのは、私とメープルだった。

「話は聴いたよ。残念、吾輩がその場にいたらなあ。このステッキでもって、一撃くらわせてやったのに」

「御志《おこころざし》、感謝します」

ディケンズの勇気と正義感は疑う余地もないが、それが実戦で生かされるかどうかは、べつの問題である。ケガでもされた日には、イギリス文学界どころか大英帝国の大損失、私は国外追放ですめば、ましなほうだろう。

犯罪や事件がカレー料理とおなじくらい好きなディケンズは、私を話相手に選んで、質素な応接セットで熱心に問いかけた。

「悪党どうしの仲間割れ、という線は考えられんかね」

「そういう意見もあります」

用心深く私は答えた。

「その点はタグとおなじだろうな。儀式としての殺人、というやつだ。かならずおなじ方法で殺さなければならん」

「かならず首を引きちぎるのですか？」

「うーん、君のいわんとすることはわかる。人間の力で、首を引きちぎるなんて、まず不可能だからな。とすると……」

とすると、どうなるのか。私はディケンズのつぎの言葉を待ったが、文豪はそこで言葉を切ってしまい、何やら考えこんだ。私のほうは、内心では疑惑を抱いた。ウィッチャー警部はディケンズの来訪を予期し、その相手役をさせるために私を選んだのではあるまいか、と。

「群衆のただなかというのは、無人の荒野とおなじだ。だれも何も見ていないからな。よくも殺人の現場に選んだ、と思うよ」

やがてディケンズはそう語った。

ディケンズの発言は、民衆の人生と生活を見つめつづけてきた文学者の、重い一言だった。

たしかに私とメープルは群衆のなかにいて、何も見てはいなかったのだ。

Ⅳ

ディケンズはまったく元気そうに見えたが、実は病気の百貨店《デパート》だった。「人間暴風」と呼ばれるほど活動的でありながら、痛風と腎臓結石をわずらっており、激痛が忍耐の限度をこえると、ライオンのように咆え、なぜか身体の左側を下にしてころげまわった。それでも、創作力はいささかもおとろえず、シェークスピア以来の文豪でありつづけたのだ。

ディケンズはうなった。

「しばらく、ここにいさせてくれんかね、警部」

「何かあったのですか、先生?」

声を低くして私は尋ねた。

「君の会社《ところ》のパーカー君だよ、ニーダム君」

「ああ、原稿の催促ですね。彼はまじめな人だからなあ」

「だから困るのだ。まじめな人間は、まじめに書けば原稿が予定どおりにできあがると思っとる」

「ちがうのですか」

「ふん、君は一時、軍人だったのだろう？　失礼だが、まじめに戦えば、かならず勝ったかね？」

「…………」

「あ、いや、悪いことを口にしてしまったな。すまない」

「いえ、どうかお気になさらず」

私は微笑を浮かべて答えることができた。

「それはそうと、君の姪御さんは元気かね、ミス・コンウェイは？」

「はい、おかげさまで」

「それはけっこう、よろしく伝えておいてくれ。十六歳だったかな？」

「いえ、十七歳です」

私もディケンズも、いささかバツの悪い気分を味わった（と思う）。というのも、ディケンズの愛人エレン・ターナンは十八歳で、メープルとたった一歳しかちがわなかったからである。

ほどなくディケンズがいなくなると、室内には急な静寂がおとずれた。あの朗々たる大声が消え去ると、室内の隅にひそんでいた陰鬱な気配が、音もなく這い出してきて、私たちの頸《くび》すじをぬれた手でなでた。

いったい自分はこんなところで何をやっているのだろう。適度に蒸気暖房のきいた店内で、客と作家論もどきをやりとりしているほうが、よほど建設的ではないか。

「警部、水晶宮《クリスタル・パレス》の現場へは、いかなくてよろしいんですか」

私が質《ただ》すと、ウィッチャー警部は、むずかしい表情でうなずいた。

「まず被害者のほうから、と思ったのだよ。水晶宮はとりあえず立入禁止にして見張らせておいたんだが……判断をあやまったかな」

「ですが、こちらでとんでもない光景を目撃できたじゃありませんか。ミスとはいいきれませんよ」

苦笑めいた表情をたたえて、警部は私の肩にかるく手をおいた。

「今日はご苦労さんだったね」

「何のお役にも立ちませんでしたが……」

「いやいや、これからさ」

何気ない一言だったが、無能さをなぐさめられたような気がした。これは推測というより、ひがみかもしれない。いつの間にか、屋外《そと》はすっかり暗くなっている。

「明日はもう一度、水晶宮へいってみるつもりだ。今日はそろそろ帰りたまえ」

「では、そうさせていただきます」

これ以上いても、何の役にも立たないことがわかっているので、私はすなおに警部の好意に甘えることにした。せめて警部の足を引っぱるのだけは避けたいものだ。

帰りのあいさつをしようとすると、ウィッチャー警部が声をひそめていった。

「ここで何があったか、他言無用だよ、ミスター・ニーダム」

「はあ、しかし社長のほうは、どういたしましょうか」

「ミューザー社長にもだ。事件がすべて終わるまでは、けっしてしゃべってはいけない。代わりに、君に独占取材させてるのだからな」

独占取材？　英語の使い方がちがうような気がするが、クリミア出征以前は、私はいちおう新聞記者だったのだ。

警視庁を出て、私は北へと通りを歩んだ。自宅まで二十分ぐらいのものだ。雨や霙《みぞれ》が降ってないのは、しみじみとありがたいが、北風がしだいに強くなってくる。今夜も何人か凍死者が出るのだろう。早くもラム酒やジンの匂いが流れてくる。

思わず私は周囲を見まわした。

老若男女、さまざまな人々が、暮れの深まるロンドンの街路を歩いている。紳士に淑女に事務員に労働者。労働者階級の、いわゆる「コックニー訛《なま》り」は、にぎやかだが、よほど注意して聴かないと意味がわからない。

そのなかに、人間の仮面をかぶった妖物《ばけもの》が、まぎれこんでいるかもしれない。「死神《デス》」と自称するやつが。遺体安置所《モルグ》で目撃した緑色の妖泡《ようほう》を想い出し、あらためて私は慄然《ぞっ》とした。

あの妖泡を、ウィッチャー警部はどう処分するのだろうか。いや、警視庁の上層部か。なにしろ夫君殿下《プリンス・コンソート》にまでつながる一件だ。たとえ警視総監が報告しても、常識家の殿下が信じるかどうか。

まあ、そんなことまで私が心配する必要はあるまい。冷えきった身体を、わが家のささやかな玄関口にすべりこませたときには、まったく生き返った気分だった。

私のぬいだコートを、コートかけにかけながら、メープルが話しかけてきた。

「会社へ行ったら困ってしまったわ。社長が、水晶宮《クリスタル・パレス》の事件のことを、しつこく尋くんだもの。わたしが捜査してるわけじゃないのに」

「そりゃ迷惑だったね」

「ええ、おじさまの心情が、よくわかったわ。しつこく尋かれると、困るものね」

「まったく、まったく」

私は心から賛同した。メープルは居間にはいると、キャビネットから鉛筆と紙の束をとり出した。

「何をはじめるんだい？」

「アンに字を教えてあげるの」

「アン？　ああ、お隣のメイドか。食事のほうは？」

「ハムエッグスと揚げパン《フライドブレッド》とホットチョコレートとリンゴをあげたわ。帰るときは、マフィンを持たせてあげるつもり」

私の胃が、羨望の声をあげた。

「アンは疲れているだろうから……」

「ええ、もちろん無理はしないし、させません。これでも、わたし、下級生に教えるのは上手だといわれてたのよ」

結局、メープルが学校でいちばん学んだのはそれらしい。私は厨房へはいって、マーサが温めなおしてくれたキャベツとソーセージのスープに飛びついた。揚げパンの具合も上々。

ふとテーブルクロスを見ると、もうかなり古びている。そろそろ雑貨店で買いなおす時期だ。

世界で最初の百貨店《デパート》は一八五二年に誕生した。場所はパリで、名前は「ボン・マルシェ」といった。イギリスは芸術や生活の流行では、何かとフランスに先を越されているが、百貨店もそうで、一八五七年にはまだイギリスにはそれが存在していない。わが国に百貨店が誕生したのは、一八六三年になってからである。世界的に有名なハロッズ百貨店は、まだお茶を中心とした雑貨店にすぎなかった。

「マーサ、ごちそうさま、うまかったよ」

「ありがとうございます」

すっかり満足して居間へうつると、隣家の少女がメープルの指導のもと、ＡＢＣを紙束に書いていたところだったが、

「アン！　アン！　どこへいったの？　どこにいるの⁉　さぼってたら、ただじゃすみませんよ！」

とたんにメイドの少女は全身をこわばらせた。もともと悪い顔色が、ほとんど死者のようになる。隣家から伝わってきた声は、むろんカニンガム夫人の声だった。

メープルは義憤に燃えあがる瞳で、声の方角をにらみつけたが、アンの雇用主《やといぬし》が、マーサのいう「カニンガムの鬼婆《ナスティ・オールドウーマン》」である以上、どうしようもなかった。

「アン！　アンったら、どこにいるんです⁉」

「いい、アン、明日も来るのよ」

　メープルは大いそぎでアンのエプロンのポケットにマフィンを三個ばかりつめこみ、あかぎれだらけの両手をにぎりしめてから、裏口から送り出した。

　裏口の扉を閉じると、メープルは憤然とした足どりでテーブルにもどってきた。カニンガム夫人は海軍士官の未亡人で、子どももいなかったが、だれも彼女に同情しなかった。

「人間の皮をかぶった怪物って、水晶宮《クリスタル・パレス》だけじゃなくて、どこにでもいるのね」

「そうだね」

　うっかり応えてから、私は狼狽し、あやういところで話題の転換を阻止した。

「カニンガム夫人も、好きこのんでアンを虐待してるわけじゃないぞ」

「ええ、好きこのんで、じゃないでしょうね。でも、彼女が良心の苛責に苦しんでないことは確かだわ。おじさま、自分でも信じていないことを、他人に信じさせようなんて不可能よ！」

「おいおい、そんなつもりはないよ」

　私が読みかけた新聞をたたむと、メープルは私の手に触れて告げた。

「ごめんなさい、おじさま、やつあたりして。ただアンを見てると、自分たちの無力がなさけなくて……」

「わかってる、気にしなくていいよ」

メイドにろくに食事もさせられないほど困窮しているなら、メイドを解雇すればよさそうなものだ。外国の人なら、そう思うかもしれない。ところが、イギリスではそうはいかないのだ。「メイドも雇えない」というのは、中産階級《ミドルクラス》から転落して下層階級《ロウアークラス》になりさがる、ということなのだから。

大英帝国には世界の富が集まっている。ただし、帝国の一部に集中していて、そこからはみ出した人々は、恩恵にあずかれない。

船だって、一方の側にだけ荷物をのせれば、かたむいて沈没する。イギリスは繁栄した進歩的な国だが、もっと公正なよい国にならねばならない——とは、じつのところ半分はメープルの受け売りだ。

大英帝国の将来まで心配していたのでは、私の貧弱な頭脳は破裂してしまう。とりあえず、水晶宮《クリスタル・パレス》の怪事件に集中するとしよう。

しかし、わが家には、私よりディケンズの陣営に属する危険人物がいるのだった。

「ね、おじさま、捜査の進み具合はいかが？　何かわかったの？　警視庁《スコットランド・ヤード》ってどういうところだった？」

「いえない」

「どうして？」

「ウィッチャー警部に口どめされている」

「でも彼はいまここにはいないわよ、おじさま」

「いないからいいってものじゃない。紳士は約束を守らなくちゃならない。まあ、無害な件については、ほんとうのことを答えてもいいけど、ああ、そうだ」

私はディケンズのことを想い出し、彼がいろいろウィッチャー警部から尋き出そうとして無益に終わったことを話した。これは成功して、メープルはくすくす笑った。

「ディケンズ先生、あいかわらずね」

「あの先生が大声を出さなくなったら、たぶん大英帝国最後の日だね」

「明日は警視庁にお弁当《ランチ》をとどけるわ。それくらいなら、いいでしょ？」

「だめだよ」

「どうして？」

「明日は警視庁にいかないんだ」

「あら、それじゃどこに？」

「いえない」

可能なかぎり、そっけなく私は応じたが、ふと気づくと、私はボクシングのリングのロープ際に追いつめられているのだった。何だか、彼女が子どものころからそうだったような気がする。

「まあ、そんな具合で、今日は一日、警視庁から出なかったよ」

ほんとうのことを私は告げた。

メープルは、「あやしいぞ」という目つきで私を見やったが、何もいわなかった。私はふと思いついた。一昨日のことは、メープルの前で記録してもいいはずだ。

私は鉛筆をとって、「死神《デス》」の顔を紙にスケッチしてみた。あれが「顔」と呼べるなら、の話だが。

私の絵の才能は、まあ、「それほど拙劣《へた》ではない」といわれている。微妙なところだ。軍隊には美術学校の教師だった男がいて、私の絵を批評してくれた。おもしろみはないが正確だ、ということで、三文新聞の記者なら充分だった。

「画伯、お茶をお持ちしました」

よい香りがただよってきて、メープルがポットとティーカップをのせた盆《トレイ》を運んできた。サービス満点といいたいが、魂胆は見えすいている。

「こら、見るんじゃない」

「お話を聴かせるのは約束を破ることになるけど、絵を見せるのはちがうでしょ?」

「しかたないけど、後悔しないでくれよ」

念を押してから、私は、スケッチブックをメープルに差し出した。

さすがにメープルも息をのんだ。

「とても人間とは思えないわ」

「メープル、いいかげんにしなさい」

「あら、わたし、独語《ひとりごと》をいってるだけよ。それでも気が散るとおっしゃるなら、考えて口のなかでつぶやくだけにいたしますけど」

姪はすこし拗《す》ねているようだった。そういうところは、まだまだ子どもだな、と思って、私は変に安堵《ホッと》した。この分だと、来年になっても、だれかの愛人になりたい、などとはいい出さないだろう。

「こんな顔をしてたら、人目から隠したい、と思うのも無理ないわね」

「それであんな目立つ仮面をかぶっていたら、世話はない」

「それはそうね」

「しかも、この分だと、この顔さえ偽物かもしれない」

メープルが身を乗り出した。

「もしも、もしもよ……」

メープルは、わざとらしく言葉を切って、私の顔を見つめた。私は可能なかぎりそれを無視して、ふたたび鉛筆を動かしはじめたのだが……。

「もし、その十五人が、全員おなじ顔をしていたとしたら……」

「そんなバカな！」

とうとう私は罠に足を突っこんでしまった。溜息をつき、スケッチブックと鉛筆をテープルの上に投げ出す。方針変更。私はメープルに向かって上半身を乗り出した。

「あ、ありえないことだよ。十五人もの人間が、おなじ顔でおなじ場所をうろついていたら、みんな気がつくだろう」

「でも、逆にいえば、二万人のなかの十五人。千人にひとり以下よ。気づく人がいるかしら？」

「……いないだろうね」

ディケンズの言葉を、私は思い出した。

「群衆のただなかというのは、無人の荒野とおなじだ」

まったくだ。だから私が悩み、警察が苦労する。

「自分は仮面をかぶり、被害者の首をとる……」

メープルが、かるく首を横に振った。

「いったい何の目的があって……」

「わからない」

「ほんとにわからないことだらけね」

メープルは警視庁の捜査能力に、不信感を抱いていて、それを隠そうともしなかった。

「メープル、人間であろうとなかろうと、この犯人は、人間の首を胴体から引きちぎるほどの怪力を持ってるんだ。うかつに近づいてはいけないよ。水晶宮《クリスタル・パレス》は、いま万魔殿《パンデモニウム》と化しているんだから」

「わたしは近づいてないわ。先方《むこう》が近づいてきたんだもの」

反論してから、姪は神妙につけ加えた。

「でも、気をつけるようにします」

「そうしてくれ、ぜひ」

とはいっても、どう気をつければよいのやら。

「ね、おじさま、わたしが話をして、おじさまが黙って聴いている分には、何の問題もないでしょ？」

「それは……まあ、理屈としては正しいが」

私の声には、たぶん警戒のひびきがこもっていただろう。すました表情《かお》で、姪は何かたくらんでいるにちがいない。

メープルは何くわぬ表情でしゃべり出した。

「さて、今年一八五七年十一月、水晶宮において生じた不思議な怪事件――あら、二重表現になっちゃった――、この事件のもっとも不可解な点は、首を引きちぎられた被害者の全員が身元不詳だということである。したがって、被害者の事情や人間関係から、捜査を進めていくことはできない。判明しているのは、加害者が人間ばなれした腕力を持ち、二重に仮面をかぶってまで厳重に素顔を隠していた、ということぐらい……」

そこまでいったところで、メープルは、五月のツバメさながらに、私の手からスケッチブックをかすめとった。

「何て気味の悪い顔……いえ、顔と呼べるようなものじゃないわ」

いいながら、何度も見なおしている。

「こんな妖物が、今後うじゃうじゃ出てくるかもしれないんだぞ、メープル。うかつに手を突っこむな、といった事情《わけ》がわかるだろう?」

メープルは肩をすくめ、溜息をついた。

「わたし、だれに似たのかしら。怖いものほど、手や顔を突っこみたくなるのよね」

「とにかく、だめなものはだめ」

「はい、わかりました」

「それでいい。アンがいるんだ。彼女のことを世話してあげなさい」

「彼女、頭がいいわ。学校へいけないのが、つくづく惜しい子ね」

まだ義務教育制度のないころだ。私立の上流校へ通う金銭《かね》のない子どもは、働くか、物乞いをするしかなかった。メープルも、アンを学校へいかせてやってくれ、とはいわなかった。しがない中産階級《ロウアー・ミドル》では、こっそり食事をあげるくらいが限度だったが、まあ、できるだけのことはしてあげよう。

やがて私たちはそれぞれの寝室に引きあげた。明日も早く起きなくてはならないのだ。

ランプを消して、私はベッドにもぐりこんだが、やはりすぐには眠れなかった。

第五章

さまざまな参加者のこと
謎と秘密の地下道のこと

I

小説らしく、「舞台はふたたび水晶宮《クリスタル・パレス》にもどる」とでも書きはじめるとしようか。いや、これは八十歳をこえた老人が、五十年前の若き日を想い出しながら認《したた》めている私的記録にすぎない。分を過ぎたことはやめて、正確さのみこころがけるとしよう。とはいえ、そうすればしたで、半世紀前の出来事を百パーセント正確に記憶していられるものだろうか。まあ、努力してみるしかあるまい。

その日、私がウィッチャー警部にしたがってシドナムまでおもむくと、水晶宮の現場は先日とおなじありさまだった。何ひとつかたづいていない。

「これはまた、嵐が通りすぎた跡そのままだな」

「すみません。現場には極力、手をつけないよう指示しておりまして」

刑事らしい中年の男が弁解した。ウィッチャー警部はむずかしい顔つきになる。ふと想いおこして、私は警部に質《ただ》した。

「遺体安置所《モルグ》のほうはそのままに？」

「当面はね」

緑色の妖泡が、かぎりなく増えつづけるとしたら、遺体安置所の室内を埋めつくし、鍵穴や扉の隙間から外へはみ出してくるかもしれない。しかし、そんなことまで心配していたら、身が保《も》たない。

あらためて私は、水晶宮の高い高い天井を見あげた。

「しかしまあ、それにしても、よく、こんな建物をつくったものだよな」

何度見ても、何度来ても、あきれ半分に感歎せずにいられない。ハイド・パークからシドナムに移築されて、全体面積は八十四万三千六百平方フィートあまり、容積は四千四百五十万立方フィート、使われたガラスの面積は百六十五万平方フィート、鉄は四千五百トン以上……。

「いつまで残っているかな」

と口にしたのは、不吉な予言だったかもしれない。というのも、一八六六年三月の大火で、水晶宮の北半分は焼け落ちてしまったからである。半焼にとどまり、再建されたのは、不幸中のさいわいであった。

「いつまでも建っているといいわね」

背後からの声に、私は愕然《ぎょっ》として振り返り、うなり声をあげて、声の主の手首をつかむと、スフィンクスの模型の傍に引っぱっていった。手を離すと、ひとつ咳ばらいする。

「さて、君がここにいる事情をうかがいましょうかね、お嬢さん」

私は精いっぱい怖い声を出したつもりだが、バスケットをかかえたメープルは、笑みを絶やさなかった。

「はい、お答えします、ミスター・ニーダム」

「聴きましょうかね」

「社長命令なんです」

この返答には、あっけにとられて、五秒間ばかり声が出せなかった。

「社長って、ミューザー社長かい」

「ええ、まだ他人に乗っとられてはおりませんわ」

「まじめに！」

「はい、社長は今回の事件に対する興味をおさえきれず、わたしに、ミスター・ニーダムおよび警察の捜査を見学して記録するよう命じられたのです」

「あのタヌキ親父《カンニング・オールドマン》のやりそうなことだ」

私はあきれた。多忙ななか、スタッフをふたりも割《さ》いて、本業のほうはだいじょうぶか。

もっとも、私は、メープルの弁明を、百パーセント信じたわけではなかった。決断したのはミューザー社長であっても、たくみに彼を使嗾《しそう》し、誘導し、煽動した黒幕《ワイヤーピュラー》がいるにちがいない。それが何者かということは、推理するまでもなかった。

私がひとつ深呼吸して、お説教をたれようとしたとき、第三者の声がひびいてきた。

「やあ、ミス・コンウェイ、ミスター・ニーダム、君たちも捜査に参加しとったのか」

その声には、聴きおぼえがありすぎた。

「ディケンズ先生！」

「一日ぶりだな」

文豪チャールズ・ディケンズは、不器用に片目を閉じてみせると、うやうやしいぐらい丁重にメープルの手をとってキスした。私はどきりとしたが、ディケンズにもメープルにも、まるで邪気が感じられなかったので安堵《ホッと》した。あくまでも、紳士としてのキスだった。

「しかし、若いレディが、あんまり危険な行為《まね》をするのは、いかがなものかな。叔父上が心配するだろう」

「ご配慮ありがとうございます。でも、ディケンズ先生のほうこそ、原稿はよろしいんですの？」

ディケンズは眉をしかめた。

「原稿は、できるものであって、無理につくるものじゃないぞ。パーカー君だって、苦労が薬になるさ。いつかミス・コンウェイにもわかるだろう」

私たち三人は、あらためてウィッチャー警部にあいさつし、捜査の進捗状態を問うた。

「正直なところ、さっぱりです」

「二万人が、ひと晩じゅう右往左往しておったんだろ？　証拠なんて残っとるわけがないな」

「昨日は、地元の警察が総がかりで調べましたが……」

「地元の警察なんて、あてになるのかね」

ディケンズは意地悪でいったのではない。警視庁《スコットランド・ヤード》でさえ信用されていなかった時代だ。その他の土地の警察なら、なおさらのこと。そもそも、イギリスの国土の半分には、警察そのものが存在していなかった。ディケンズは大まじめに質《ただ》したのだ。

「まあ人数もすくないので、本庁《ヤード》から人手をかき集めてきたのですが……」

突然、私は、直接関係ない人物のことを想い出した。

「ところで、オクスフォード大学のドジスン講師は、どうしたかご存じですか」

「さあ、どうしとるのかな。テニスンを追いまわしとるのとちがうかね」

「傍迷惑《はためいわく》な人ですね」

「まったくだ。だが、心からテニスンを崇拝しとって、何というか、仔犬が必死に尻尾を振ってすりよっていくようなものだからな。テニスンも憎むに憎めんらしい」

ドジスン氏を憎めないのは、私も同様だった。彼がジェームズ少年にせおわれ、それでも写真機をかかえこんではなさず、テニスンを追いかけている。その光景を想い出すと、苦笑せざるをえない。

「ジェームズも、ドジスン氏をせおわされて、いい迷惑でしたがね」

「ドジスン氏をおんぶしたのは、何でも男の子だったそうだが、ジェームズというのか……」

「男の子、なんて感じじゃありませんがね、ええ、ジェームズというんです。姓はモリアーティ」

「お呼びですか」

背後から返答があったのは、この日二度めで、それは私に二度めのおどろきをもたらした。ディケンズが私の肩ごしに、興味深そうな視線を投げかけている。その視線を追って振り向くと、声の主は皮肉っぽい目つきで私を見返した。

ジェームズ・モリアーティであった。あいかわらず、成人《おとな》をしのぐ存在感である。

「こんにちは、ミスター・ニーダム」

「どうやって、はいってきたんだ？　立入禁止になって、警官もいただろう」

「ウィッチャー警部に呼ばれた、といったら、すぐ通してくれましたよ」

「あいつらめ」

私はうなったが、警官に告げ口してジェームズを追い出す気には、なぜかなれなかった。

「それにしても何でわざわざやってきたんだ？」

「捜査に協力したい、と思ったからですよ」

私は、まばたきした。

「こういったら何だが……あまり君らしくない行為だな。本心をいいたまえよ。何をしたいんだ？」

「正直いうと、警察の捜査ぶりに興味があるんです。どういう具合に犯罪を調べ、検証するのか、それを見学してみたい」

ジェームズの目と声には、奇妙な熱気があった。

「それに、あんな怪物が、まだつかまらず、のうのうと闊歩《かっぽ》しているかと思うと、ロンドンっ子としては、おちついていられませんよ。三文《ワンペニー》新聞があることないこと書きたてて、うんざりです」

「で、学校のほうはいいのかい？　休暇じゃないんだろ？」

「学校ね……とっくに知っていることを、もっともらしく、もういちど教わっても、つまらないですね。ぼくは知識がほしい。知識が多ければ、思考が深まり、思考が深まれば、行動が広まる」

ジェームズ少年は、謎めいた笑みを浮かべた。

Ⅱ

「何だね、ニーダム君、あの少年は？」

「天才少年ですよ」

ディケンズの質問に、私は小声で答えた。

「天才？　ほう、天才か！　何か詩か交響曲でもつくったのかね？」

「いえ、数学です」

「何だ、数学か」

とたんにディケンズは冷淡になった。心情《きもち》はわかる。私も数学は得意ではなかった。

想い出したことがある。先だって水晶宮《クリスタル・パレス》で大騒ぎがあったとき、ジェームズはドジスン氏と何やら語りあっていた。

「オクスフォード大学の講師と、何やら議論してましたからね」

「何だかよくわからんが、すごいことなんだろうな」

ジェームズがそっけなく答えた。

「テーラーの展開式の剰余項《じょうよこう》の、あたらしい解についてです。いってもわからないでしょ」

私の理解できない英語が存在した。いや、ディケンズでも理解できないようすで、むずかしい表情《かお》でステッキをいじりまわしている。

「ジェームズ・モリアーティ！」

きびしい声が飛んだ。眉をしかめて、ジェームズが振り向くと、メープルが両手を腰にして、彼をにらみつけている。

「あなたの言動は紳士のものではなくってよ。年長の人や努力をしている人には敬意をはらいなさい。あなたは、たしかに天才だと思うけど、天才ならまず他人を無用に誹《そし》るような真似はしないことね。さあ、紳士たちに無礼をあやまるのよ！」

私はメープルにもおどろいたが、つぎのジェームズの発言でさらにおどろいた。

「失礼しました。ディケンズ先生、ミスター・ニーダム、数学の専門用語などを振りまわしてご不快な思いをさせたこと、お許しください」

「いや、何、かまわんよ」

成人《おとな》らしく、ディケンズは笑ってみせた。

「正直なところ、ちんぷんかんぷん《グリーク・ツー・ミー》だがね。吾輩は数学なんて、ろくに学んでおらんからな」

ディケンズは無責任な父親のおかげで、ろくに学校にも行けず、はたらいて一家をささえなくてはならなかった。だが、広い見聞と、豊かな想像力と、比類ない文才によって、二十歳そこそこで一人前の作家になったのだ。彼に文才がなく、数学の才があったら、どういうことになっただろうか。本人の人生はともかく、イギリスの文学界にとっては、とほうもない損失になったことだろう。

「私も気にしてないよ。いくら君でも貸本業界の内幕には通じてないだろうからね。おたがいさまさ」

「ありがとうございます」

これまた信じがたい台詞を吐いて、ジェームズは一礼した。ちらりとメープルを見る。メープルは、よろしい、というようにうなずいた。そこへやってきたのがウィッチャー警部だ。

「ここまで来てくれたのは、ご苦労だったな。だが、警視庁《スコットランド・ヤード》は未成年者に過剰な協力を求めようとは思わない。もう帰りたまえ」

ジェームズは抵抗した。

「ぼくは、なまじの成人《おとな》より役に立ちますよ。それに、あの女《ひと》は未成年じゃないんですか」

ジェームズが指さしたのは、私の姪だった。メープルは、べつに悪びれたようすもなく、ウィッチャー警部を見つめる。

実直なウィッチャー警部は困惑の表情を隠しきれなかった。私も、どう発言してよいかわからず、それ以前に、メープルがここにいることの当否を測りかねて、突っ立ったままだった。

「いいじゃないかね、警部」

ディケンズの声だ。

「勇敢な少年だ、頭もいいし、先日の経験もある。協力してもらったらどうかね。吾輩も協力したいから認めてほしいな」

ディケンズにいわれると、ウィッチャー警部も拒絶できなかった。

要するに、ディケンズは自分の家へ帰りたくなかったのだ。かつて十三人いた大家族だったが、妻は出ていき、子どもたちも家を離れ、残っているのは、娘がひとりと、妻の妹だけで、寂漠たるものだった。アンデルセンとの交友も、気まずい形でとだえてしまい、帰宅したところで、だれも迎えてくれない。ディケンズは仕事を家ですませると、講演旅行だの出張朗読だのと外出ばかりしていた。

ただ、ディケンズの動機は、家庭問題からの逃避だけにとどまるものではなかっただろう。

少し将来《さき》の話になるが、一八六九年の五月、ディケンズは数人の警官に護衛されて、ロンドン東部《イーストエンド》のアヘン窟の探査に出かけているのだ。根っから現場が好きだったのである。テムズ河の一件といい、この国民的大作家を追いはらうのは、ウィッチャー警部には不可能だった。

警部は結局、四人の部外者をつれて水晶宮《クリスタル・パレス》の内部を案内するはめになった。先日の事件で生じた惨状を説明する。

「よくまあ、ガラスが割れなかったもんです」

「ふん、水晶宮のガラスを割ろうとするなんて、ロンドンっ子とはいえん。だいたい、二万人もの客のうち、あやしくないやつなんておらんだろう」

「まあそうです。二万人の容疑者というところですかな」

「おや、なかなか文才があるじゃないか。『二万人の容疑者』か。ふむ、作品の題名に使えそうだぞ」

ディケンズは本気で考えこんだが、結局それは実現しなかった。

ディケンズは後輩のウィルキー・コリンズをとてもかわいがっていたが、こと探偵小説に関しては、引け目を感じていた。コリンズはサスペンスとミステリーのセンスでは、おそらくディケンズをしのいでいただろう。一八五九年にディケンズが発表した『二都物語』は、コリンズの影響が非常に大きいといわれる。

探偵小説といえば、ディケンズが『オリヴァー・トゥイスト』を書いたのは二十六歳のときである。ふたりがアメリカで会ったとき、エドガー・アラン・ポーは二十九歳。まだ「モルグ街の殺人」も書いていなかった。世界的文豪ディケンズのほうが、貧困にあえぐ無名作家ポーより年下だったのだ。だれにも罪はないが、皮肉で残酷な話である。

貸本屋の社員として、私はずいぶん国内外の作家や作品と接してきた。それが私の人生を豊かなものにしてくれた。かなり危険な目にもあったが、すこしも後悔はしていない。知らなくてもよいことを知ってしまったなあ、という思いを抱いた経験は何度もあるが。

「ミューザー良書倶楽部《セレクト・ライブラリー》」に勤めてなかったら、私は、ディケンズにも、コリンズにも、テニスンにも、サッカレーにも、そしてルイス・キャロルにも会うことはなかっただろう。思えば、ずいぶんとぜいたくな人生を送ってきたものだ。

『シンデレラ』や『ジャックと豆の木』が刊行されたのは、ともに一八五四年のことで、これ以後イギリスの児童文学は、大発展をとげることになる。なかで最高の作品はどれかといえば、たいていの人は『不思議の国のアリス』と答えるだろう。その作者こそルイス・キャロル、本名チャールズ・ラトウィッジ・ドジスン氏なのである。失礼ながら、初対面のときは、写真機をかかえてうろついていたあやしい男が、世界的大作家になるとは、想像もしなかった。

結局、テニスンはドジスン氏の執念に根負けして、撮影に応じたが、写真の出来はたいそうすぐれたものだった。テニスンも気に入り、以後ドジスン＝ルイス・キャロルと親交を深めることになり、この件はめでたしめでたしで決着した。

めでたしにほど遠いのが、水晶宮《クリスタル・パレス》の怪事件だった。十六人の死者、あるいは十六体の死体。加害者も被害者も正体不明。水晶宮は閉鎖され、新聞は大よろこび。警察はストレスいっぱいである。

「殺されたのが十六人か。まれに見る大量殺人だな」とディケンズ。

「十六人で終わるといいですね」とジェームズ。

あまりにも不吉な予言であり、あまりにも不謹慎な発言だった。刑事や制服巡査たちが、怒りと敵意をこめてジェームズ少年をにらみつける。ところが、ジェームズは彼らの視線を平然と受けとめた。というより、体内に吸収してしまって、消滅させてしまった。成人《おとな》が束になってかかっても、十三歳の少年ひとりにかなわない、という印象だった。

現場のあわれなありさまを、ひとつひとつ熱心に見てまわったのはディケンズで、ウィッチャー警部の説明にひとつひとつうなずいている。ジェームズ・モリアーティのほうは、ひととおり惨状を見てまわると、大噴水の傍にたたずんで、何か考えこんでいた。ディケンズのほうが、好奇心にあふれた子どものようだった。

私はジェームズの態度に関心を持った。

「君、『死神《デス》』という名乗りはどう思う?」

「『死神』ねえ」

「君がどう思ってるか知りたいね」

「安っぽい自己顕示欲ですよ」

鼻先で、ジェームズは笑った。

「何の利益にもならない。犯罪や悪事をはたらいて、自分は無事でいようと思うなら、手がかりをあたえてはいけない。どんな小さな手がかりでもね。そうじゃありませんか？」

ごもっとも。もっとも、あまりにも整然とした返答なので、私が鼻白んだことも事実である。何だか、ジェームズ少年自身が、犯罪をたくらんでいるとさえ思われるほどだった。

さっさとジェームズが歩き出すと、メープルが私にささやきかけてきた。

「おじさま、あのジェームズって子をどうお思いになる？」

「正直、さっぱりわからないね」

「わたしもそうよ」

いいながらメープルは少年の背中を見つめた。

Ⅲ

まったく、いやな天候だった。十二月にはいれば、むしろ雪の降らないときには、晴れわたった碧空が望める。

「何とも、気が滅《めい》入るな」

ディケンズがぼやいた。たしかに、ほがらかに歌いながらスキップするような天候ではなかった。とくにディケンズにとっては。

妻と、妻の妹と、愛人。三人の女性の間で、ディケンズはうろうろしていた。もてない男たちからしてみれば、「いい気味だ」ということになるのだろうが、私も、そしてメープルも、そうは感じなかった。むしろ、あれだけ巨大なストレスをかかえこんだディケンズが、それを暴発させることもなく、社会人としてまっとうに生きていることに感心していた。まあ、カレー料理をめぐってサッカレーと大ゲンカするていどのことはあるにしても。

私服の刑事が、ウィッチャー警部をふくめて六名。制服警官が七十五名。部外者が四名――ディケンズ、ジェームズ、それにメープルと私。合計八十五名が、水晶宮《クリスタル・パレス》のあちこちにばらまかれている。

多人数のように思えるが、万国博覧会のときには一日に四万人をのみこんだ巨大なガラスの宮殿である。八十五名など、砂漠にちらばる水たまりよりもはかない。

無料《ただ》で水晶宮を見物できる、といういいかたもできるが、古代エジプト室、メソポタミア室、アフリカ室、インド室、中国室……とめぐって捜索するにつれ、みなディケンズのように気が滅入ってきた。とくに中国室の展示物は、おそまつな安物ばかりで、壺も絵も、まともに見る気になれなかった。中国も、一八五一年の万博に招待されたのだが、阿片《アヘン》戦争の後でイギリスに反感を持っていたし、大きな反乱もおこっていたので、偉大な文明が産んだ宝物など、わざわざ送ってきてくれなかったのだ。

めぐりめぐって、一同は、南の大階段にやってきた。私とメープルが乗ってすべりおりたテーブルが、ひっくりかえったまま放置されている。

「これが例のテーブルかね」

「はあ、そのようです」

「何だ、自分が乗ってきたものがわからんのか」

「面目次第もありませんが、あんな場合に、いちいち憶えておりませんよ。何であんなところに置いてあったかも……」

ジェームズが口をはさんだ。

「ぼくの憶えているかぎりでは、花瓶とか、東洋風の竹籠《バンブー・バスケット》とか皿とかが、乱雑に置いてあったようです。展示用の美術品じゃなくて、商品でしょう。どうせ高価なものじゃありませんよ」

思わぬ弁護者の出現に、私はとまどった。

「とはいっても、弁償しなくてはならないだろうなあ」

貯金が全部なくなってしまうどころか、借金をせおうことになりそうだ。

「正直な方ですね、ミスター・ニーダム、およしなさい、吹っかけられるだけですよ」

薄笑いとともに、ジェームズが忠告した。

ジェームズのいうことは正しい。わざわざ名乗り出て賠償金を出すこともあるまい。保険にだって、はいっているだろうし。

「まあ商売人たちからすれば、いいたいこともあるだろうが、ニーダム君のやったことは正当防衛だ。すくなくとも、先方が何か文句をいってくるまで、気にする必要はないだろうよ」

「ディケンズ先生のおっしゃるとおりよ、おじさま、気になさることないわ」

たしかに、クリミア戦争のとき、バラクラーヴァやセバストポールで経験したことに較べれば、ささやかなものだった。気に病《や》むほうがおかしいほどだ。

一層から五層まで上り、また下りてきて、正午をすぎてしまった。何の収穫もなく、足の運動をしただけである。ウィッチャー警部は、疲労を顔に出さないよう努めていて、それだけでもけっこうなストレスだったろう。しかも、その努力もむなしかった。彼の足もとに、ボールのようなものが落ちてきたのだ。

「うっ」と、ウィッチャー警部が咽喉《のど》をつまらせる。それも当然だった。彼の眼前に落下してきたのは、人間の頭部だったのだ。

疲れも吹きとんで、一同は残酷な落下物のまわりにむらがった。赤く染まった顔が、かろうじて判別できる。

「オ、オニール巡査部長……！」

刑事たちのなかから、悲痛な声があがる。彼らの仲間が、いまだ見つからぬ加害者によって、血の犠牲にささげられたのだ。

私も、かろうじて声をのみこんだ。メープルは片手で顔の下半分をおおって、もう一方の手で私の腕にしがみついた。ディケンズは床に突いたステッキをにぎりなおして、うなり声をあげた。ジェームズは眉を大きくしかめて首を振った。

「ちくしょう、いったいだれが……」

刑事のひとりがあえいだとき、空気と床が同時に揺れ動いた。一同は顔を見あわせた。

「先史時代室」に向けて、われさきにと駆けつける。

トリケラトプスの銅像が横倒しになり、数百ポンドにのぼる銅のかたまりの下から、制服の腕がはみ出している。ゆっくりとした血の流れが延びてきた。オニール巡査部長は、首を引きちぎられて殺されたあげく、銅像の下じきにされたらしい。

かたい音が連鎖した。何人かの制服警官が、ウィッチャー警部の指示なしに、長い警棒を抜いたのだ。勇敢な男たちも、パニック寸前だった。

「犯人はどこだ⁉」

「だれがやった⁉　どいつだ！」

恐竜の像を押したおすような人物は「死神《デス》」以外に考えられない。

疲労も不安も忘れて、警官たちはいきりたった。

「ちくしょう、もう赦さんぞ」

「かならず絞首台に引きずりあげてやるからな。待ってろよ」

刑事や警官たちが、口々に、怒りと悔しさを吐き出した。私はといえば、感情を彼らと共有しつつ、一方で慄然《ぞっ》としていた。敵がこうも好きかってに行動しているのは、私たちがどういう状態にあるか知っているからだ。

やつらは私たちを完全に監視している。いったいどこから？

「メープル、私の傍から離れるんじゃないぞ」

「はい、おじさま」

いらだたしげな、硬い音がした。ディケンズがステッキで床を突いているのだ。

「悪党どもめ、怪物どもめ、どこにひそんで、こそこそと我々を見張っとるんだ。吾輩の前に出てきてみろ。ステッキをくらわせてくれるわ」

ジェームズ・モリアーティ少年が、ディケンズの顔を一瞥《いちべつ》すると、足で床をたたいてみせた。

ディケンズが、この日、何度めかのうなり声をあげた。彼の頭脳が活力の蒸気を噴きあげている。そのようすが見えるような気がした。

「吾輩たちは上ばかり見ておった。壮麗なガラスの天井に目をうばわれてな。だが、いくら上を調べても何ひとつ出てこない」

「上のすべてを調べ終えたわけではありませんが……」

ウィッチャー警部は、ひかえめに異議をとなえたが、それ以上は何もいわず、すこし考えこんだ。

水晶宮《クリスタル・パレス》は、ハイド・パークにあったときは三層だったが、シドナムにうつって五層建てに改築され、構造もややこしくなった。もっと徹底的に捜索するなら、警官の人数を十倍以上にふやす必要があるだろう。

ひとまず捜索する場所を変えるべきかもしれなかった。

そう決まってから一時間後。

「こんなところに！」

そういう声があがったのは、古代エジプト室だった。不動の姿勢で人間たちをにらみつけていたスフィンクスの像に、何気なく私が手をかけると、わずかに動いたのだ。皮肉なことに、「展示物に手で触れないでください」と書かれた札が立っていたのだが。

さんざん捜しまわって、冬だというのに私は薄い汗をかいていたが、そんなことをいってる場合ではない。私はスフィンクスの後ろ肢《あし》に手をかけながらどなった。

「てつだってくれ！」

メープル、ジェームズ、ディケンズの順に駆けつけてきて、スフィンクスにとりついた。ウィッチャー警部が部下をひきいてくると、あとは速かった。スフィンクスは一インチ、二インチと動かされて不満そうだったが、ついに五フィート動いた。そのあとにのこったのは、ほぼ三フィート四方の穴で、ランプを差しのべても、底を見ることはできなかった。

Ⅳ

どんな状況でも、腹はへるものだ。ランプの灯火に懐中時計を近づけたウィッチャー警部が、一同に休息と昼食《ランチ》を指示した。拙速に地下へもぐることを避けてようすをたしかめるという意味もあった。昼食といっても、上流階級のピクニックのように、豪華なものでないのは当然のことだ。冷えたソーセージ、リンゴ、パンぐらいのものである。メープルが、持参のバスケットをあけた。

「はい、これはあなたの分」

差し出されたチーズとタマネギのサンドイッチを、ジェームズは一瞬、不思議そうな表情で見やり、その表情のままメープルを見つめてから、手を出して受けとった。そして、私にとっては信じがたい台詞を口にしたのである。

「ありがとう《サンキュー》」

半分てれくさそうな、半分怒ったような口調であった。ディケンズとメープルとジェームズと私は、サンドイッチを炭酸水で胃に流しこんだ。

粗末な昼食がすむと、ウィッチャー警部の指示で、片手にランプを持った警官たちが、脇に長い警棒をはさんだりベルトに差したりして、地下への梯子を下りはじめた。

「まるで蟻の巣だな」

私の言葉に反応したのはジェームズ・モリアーティだった。

「……そのとおりですね」

つぎつぎと、ランプをかかげて穴をおりていく刑事や警官たちを見つめる。

「でも、蜘蛛の巣のほうが効率的ですよ」

ジェームズは視線を転じ、何やら底知れぬ表情で私を見た。

「アリの巣は生活の場というだけですが、クモの巣はそれ自体が兵器ですからね。クモはその中心に陣どって、いながらにして敵を攻撃し、獲物をとらえる」

「アリよりクモのほうが頭がいい、といいたそうだね」

「そう思いませんか」

「べつに反対はしないよ」

　穴を下りきるのに五分以上かかったが、地下は十個をこすランプの灯火で明るくなった。灯火が岩の壁を照らすと、何やら人間らしいものを描いた線画が浮かびあがった。

「これは……何と、壁画だ」

「壁画⁉」

　私は、まのぬけた声をあげた。

「壁画って、壁に描いてある、あれですか、ディケンズ先生」

「天井に描いてある場合は、天井画と呼びますよ」

　皮肉を飛ばすジェームズも、さすがに意外そうに壁画をながめやっている。

「それにしても、壁画とはおどろいたな」

「時代はいつごろですか？　ローマ？　アングロサクソン七王国《ヘプターシー》？　ノルマン征服時？　ぼく、あまり歴史にくわしくないので……」

「それだけ知ってりゃ充分だ」

　私がジェームズを見習って皮肉を飛ばすと、ディケンズがまたうなり声をあげた。

「まさか……いや、まさかとは思うが……」

警官たちをよそに、ディケンズは壁画にとりついた。

「まさかとは思うが、アーサー王時代の壁画《もの》かもしれんぞ」

「アーサー王の⁉」

またしても胆をうばわれた。ディケンズは湯気でもたてるように興奮している。

「だとしたら、世界的な大発見だ。これはえらいことになったぞ！　アーサー王が実在したことになるのだからな」

「アーサー王は、たぶん実在の人物ではありませんよ。記録に矛盾がありすぎる」

ジェームズが冷水をあびせた。ディケンズは猛然とやり返した。

「その矛盾した記録を、この壁画が解決してくれるかもしれんではないか！」

ディケンズが元気を出してくれるのはけっこうだが、私にはどうも納得できなかった。

「とすると、あのおぞましい怪物たちは、アーサー王の墓守りということになるんでしょうか？」

おそるおそる私が尋ねると、ディケンズは絶句し、メープルは肩をすくめた。

「わたし、ちょっとイヤだな。アーサー王の墓を守るのは、円卓の騎士たちであるべきよ。サー・ガウェインみたいな」

「サー・ランスロットじゃないのかい」

「わたしはガウェインのほうが好きなの。あと、サー・パーシヴァルとサー・ジェレイントもいいわ。だめなのはサー・ボースね。自分の王を殺そうとするんだもの！」

ウィッチャー警部が、烏合《うごう》の衆を何とかまとめようとした。

「何にしても、決めつけるのは早すぎます。とりあえず前進しましょう」

「そうだな、アーサー王云々は、地上に出てからでいい」

ごくまともな結論に達して、一同は刑事たちのあとを追った。

しばらくは、左右の壁画をながめながら、無難な前進がつづいた。壁画の素材は、あまり上等なものではなかった。王さまみたいな人物が杖を振りかざし、その前に民衆がひれ伏している。

いったんウィッチャー警部が足をとめた。

「あちらから風が吹いてきます」

「出口があるのだな」とディケンズ。

「いってみますか」

「他にいくところはなかろう」

もっともである。

私たちは前進を再開した。ランプの灯は、ますます心細くなり、足もとは石だらけになって、人数も安心を与えてはくれなかった。

左右の壁画はまだつづいていたが、しだいに幼児の落書きにも劣るものとなっていた。ランプの灯火に揺れるそれらは、知的生物がどこまで堕落していくかをしめす証拠物のように思われて、薄気味悪さと嫌悪感ばかりが、つのっていく。

やがて前進が停止した。先頭を歩んでいたウィッチャー警部が、足をとめたのだ。彼は振り返って、自分にしたがう者たちにランプを向けた。

「今日は、ここまでだ」

ウィッチャー警部は溜息まじりに告げて、一同を見わたした。

「考えが甘かった。準備が不充分だったのだ」ランプの灯火も心細いし、人数と武器をそろえて出なおすほうがよさそうだ。

「ここまで来て、手ぶらで引き返すんですかい⁉」

刑事や警官たちの間から、強い抗議の声があがった。

「壁画を発見したじゃないか」

「へっ、壁画が人殺しをしたわけじゃあるまいし」

「オニール巡査部長まで殺されたんですぜ」

ガラの悪い台詞は、労働者階級出身の警官だろうが、熱意にあふれている。

私たちイギリス人は、世界に誇るガラスの宮殿を、どうやら古い地獄の真上に移築してしまったようであった。

発見しなければそれまでだが、発見した以上は探査する必要がある。

私たちは相談にうつった。何せ「詐欺師と強盗の国」だから、下っぱの制服警官まで、遠慮なく意見を述べる。

「こんな大発見をしながら、みすみす引き返すなんて、フランス人やオランダ人のやることですぜ。いけるところまで前進しましょう」

「ちょっと待て、おれたちは大量殺人事件の捜査に来たんだ。その点については何の収穫もなかったんだから、引きあげて本庁《ヤード》に報告しよう」

「そうしたら上層部《うえ》が決めてくれるさ」

「きちんとした学術調査隊を派遣することになるんだろうか」

「そうなるだろうよ。そして、いいか、功績は全部そいつらのものになって、おれたちには何のゴホウビも出やしない」

「ゴホウビめあてに、本来の目的をはずれて行動するのか」

「ディケンズ先生のおっしゃったように、世紀の大発見なら、おれたちの名前は永久に残るんだぞ」

「本来の目的はどうするんだ？　犯人捜しのほうは？」

「それさ、犯人はこの地下室の奥のほうに隠れてるかもしれん。それをつかまえるとしたら、前進するしかなかろう。壁画のことはおえらい専門家《せんせい》がたにまかせてだな」

「おい、みんなもうすこし慎重に考えてみろよ。いくのはいいが、帰って来られるのか。フランクリン探検隊のことを忘れたか」

フランクリン探検隊の名が出ると、口角泡をとばして議論していた一同が、いっせいに口を閉ざした。歓呼の声に送られて出発しながら、十二年間も行方不明になったままの、フランクリン大佐の北極探検隊。この時点から二年後、一八五九年、隊員百三十四名全員の死亡が確認されるのだ。

一同を陰気な沈黙がつつんだ。それを打ち破ったのは、不屈な楽天主義者チャールズ・ディケンズだった。

「ちょっと意見があるのだが、いわせてもらっていいかね、ウィッチャー警部？」

「どうぞ」

救われたように警部が答える。

「では吾輩の考えを述べよう。進むか、退くか、二つに一つということだが、吾輩たちはひとりではないのだ。全体を二隊に分け、一隊は進む、一隊は地上にもどって待機する。ええと、いま午後二時だから、五時になってもだれももどって来なかったら、待機組は本庁に報告して指示をもらう。これでどうだね、ご一同」

V

地下道のなかには、三十人がのこった。他の者は地上へと引きあげていった。四人の部外者は全員が残留した。私は、メープルとディケンズには引きあげてもらいたかったのだが、この両人が一番はりきっているので、何ともしようがなかった。

「拳銃の携行か、軍隊の出動が必要かな」

警官たちが持っているのはサーベルや警棒だけである。後々まで、イギリスの警官は拳銃を携行していない。これは他国の警察とくらべて誇るべきことだろうか。すくなくとも私は誇りに思っている。

私たちは、ふたたび歩き出した。疲れてはいたが、休息と昼食が、いくばくかのあたらしい元気を与えてくれたようだ。それに、陽気とはいえないが、このままおめおめと引き返してたまるか、という意地もあった。枝道がなく一本道なのが、せめてもの幸いだった。

通路の左右には、あいかわらず壁画がつらなっていたが、ながめる者はすくなかった。素材はどんどん残酷になり、さらに拙劣《へた》に、粗雑に、どぎつくなっていく。これらの壁画が、何世代かにわたって描きつづけられたものとしたら、劣化があきらかだった。

「これはとても合格点はやれんな。再履修だ」

ディケンズが拙劣な冗談をいったとき、前方から警部たちの声があがった。

「何だ、これは⁉」

「えらく広いぞ、広くなってる！」

一分ほど後、私たちは、想像もしなかったほど広大な空間に、かたまって立っていた。

空間はバッキンガム宮殿の大広間のように広く、天井はランプの灯火がとどかないほど高かった。形は半円形で、円の中心部がもっとも低く、周囲にいくにしたがって高くなっている。そして、円の中心を包囲するように何十列もの座席がしつらえられていた。それを見て想いおこしたのは、古代ギリシアやローマの元老院だ。地下に棲むいけすかない者たちが万魔殿《パンデモニウム》のように会議を開く場所かと想われた。

壁には灯火台のようなものがとりつけられており、席と席の間には階段があったが、相当ふるびて、うかつに足で踏むとくずれ落ちそうだった。

「水晶宮《クリスタル・パレス》の地下に、こんな部屋がつくられておったとは……！」

ディケンズは感歎の声を放ち、すっかり興奮したようすで、椅子の間にある段を上ったり下ったりした。

「順序がちがうと思いますよ、ディケンズ先生」

ジェームズ少年が声を出した。当代の大文豪に対して、ひるむ色もない。ディケンズのほうも気にしたようすはなかった。

「なるほど、たしかにそうだ。こちらの地下室のほうが古いにちがいないな。ロンドン全体より古いかどうかわからんが……」

ロンドンの発祥は、古代ローマ帝国の植民都市ロンドニウムだ。この地下広間が、二千年前までさかのぼるかどうかわからないが、古代に至るのは、たしかだろうと思われた。きちんとした学術探検隊が調査すれば、歴史が書きかえられるかもしれない。

私たちが愛してやまないロンドンの地下に――私たちの足の下に、おぞましい怪物の地下帝国が、トンネルを貫通させているのだろうか。

いや、ここまで来ると、疑問形はありえなかった。存在するのだ、たしかに。彼らはトンネルを通ってロンドンの地下を往来し、あちらこちらで犯罪や事件を引きおこし、地上の無知な善人たちをあざ笑っている。これまで、いくつの未解決事件に関与してきたのだろう。

それにしても、まだ疑問はのこる。

十五個の首なし死体は、だれが何のために生産したのだろう。あの仮面をかぶった怪物たちの間で、血の内紛が発生したのだろうか。それとも、ことなる種類の怪物たちが抗争したのだろうか。そして何より、私たちが歩きつづける先には、何が待ち受けているのだろうか。

地下は四季の気温が変わらない、というが、そのとおりだった。地上よりよほど快適な気温で、冷たい雨もなく、その点、地上を歩くより楽なほどだったのは皮肉のきわみだ。

「枝道がなくて助かる」

ウィッチャー警部がつぶやいた。たしかに道は一本だけで、まがりくねってはいたが、分岐点はなかった。これなら迷う恐れはすくない。

ただ、進むにつれ、私はしだいに圧迫感をおぼえてきた。左右の壁に描かれた壁画が、ますます薄気味悪くなってきたのだ。文明から野蛮へと退行していく印象だった。

人の首を蛮刀で斬り落とす場面。人を火あぶりにする場面。人をワニに似た怪物に食わせる場面……。いやな趣味だ、と思ったとき、にわかに異様な音がした。行手《ゆくて》はるかの闇の奥から、笑い声らしいものがかすかに聞こえてきたのだ。

「何の笑い声かしら」

■創元日本SF叢書

感応グラン＝ギニョル

空木春宵　四六判仮フランス装・定価1980円 Ⓔ

昭和初期、浅草六区のアングラ劇団。高い塀で外の世界と隔絶された学校に閉じ込められて三年間を過ごす女生徒たち。時代も場所も異なる世界に生きる孤独な魂を描いた全五編。

■創元推理文庫

パーカー・パインの事件簿【新訳版】

アガサ・クリスティ／山田順子 訳　定価990円

「あなたは幸せですか？　幸福でないかたはご相談ください」官庁で統計をとっていたという異色の経歴の名探偵パーカー・パインが活躍する作品十四編を収めた短編集、新訳！

名探偵の証明　密室館殺人事件

市川哲也　定価946円 Ⓔ

実力派推理作家の自宅・密室館に軟禁された男女八人。館内で起こる殺人事件を論理的に解決すれば、解放される!?　蜜柑花子がその謎と〝名探偵の宿命〟に挑む、長編ミステリ。

罪学者。実際に手掛けた事件を紹介し、科学捜査の歴史を描く傑作ノンフィクション！

メープルがつぶやいて、私の腕をつかむ手に力をこめた。私は姪の手の甲をかるくたたいたが、効果があったかどうかわからない。ディケンズがつぶやいた。

「笑い声かな。脅かしているようにも聞こえるが……」

「追いたてているのかもしれません」

メープルの声に、ジェームズがつづける。

「愚かな人間どもを冷笑してるんでしょう」

皮肉と双生児《ふたご》で生まれてきた少年である。つい私も皮肉な口調になった。

「その『愚かしい人間ども』のなかには、君もふくまれているのかい？」

「もちろんですよ」

あっさりと、ジェームズは首肯《しゅこう》した。このあたりが、ジェームズの年齢に似あわないところで、成人《おとな》にきついことをいわれても、むきにならず平然としているのだ。平然としていなかったのは、メープルにとがめられたときだけである。

「急げ！　ランプの油が残りすくない」

ウィッチャー警部の声に、あせりがにじんだ。彼も、無気味な笑い声を聞いたのだ。そしてランプの灯火も、たしかに弱々しくなっている。

私は岩壁に耳をあててみたが、笑い声はその向こうから聞こえてくるのではなさそうだった。

「近づいてくるわ！」

「うむ、こうなると身を隠してやりすごしたいところだが、枝道がないのが、仇《あだ》になるとはな」

ディケンズが歎息した。

「せめて岩の窪みぐらいはないか」

私たちは小走りに進みながら、左右を見たり、肩ごしに振り返ったり、息切れしつつ悪態をついたり、汗をぬぐったり、小石につまずいたり、やたらといそがしかった。

と、前方から、警官たちの声が、明るさをともなって伝わってきた。

「前方が薄明るい」

「出口が近いぞ！」

警官たちが、喜びと興奮の声をあげる。だが、彼らの声は、突然、大きくなったいくつもの笑い声にかき消された。

「あはは」「いひひ」「うふふ」「えへへ」「おほほ」……。

私たちは、冷笑のかたまりになぐりつけられながら、こけつまろびつ前進した。そして大きな岩の角をまがったとき。

「あッ」という声は、おそらく全員の口から出た。

第六章

地下道の主に出くわすこと
地上の問題いくつかのこと

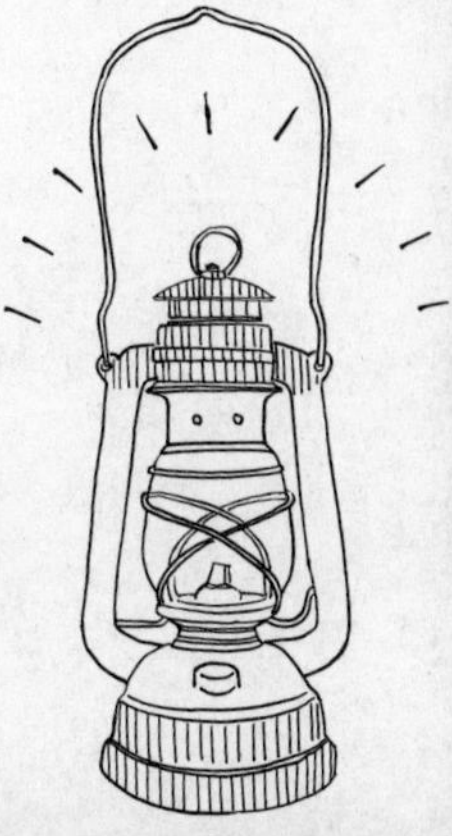

I

おどろくべきときにおどろくような感受性など、とうに費《つか》いはたした、と思っていた。しかし、以前にも経験したことだが、感受性というものは再生するらしい。私たちは充分におどろいた。

白い山があった。幾分か、灰色をおびているようにも見えた。それが、つみかさなった人骨だ、と判明した瞬間、こらえきれない悲鳴やうめき声が、人間たちの口からほとばしったのだった。

白骨化していたから、まだましだった。腐敗が進行している途中だったら、全員、嘔吐していたにちがいない。それでも私はメープルに、こんな光景を見せたくなかった。だが、メープルはすでに見てしまっていた。私の姪は、ぎゅっと唇を嚙みしめ、顔を蒼くし、私の腕に全身の力をこめてすがりついた。

私はミューザー社長の道楽を呪いながら、姪の肩を抱いた。それ以上、どうすることもできない、と思ったからだ。考えてみれば、私とメープル、それにディケンズとジェームズは、ここから引き返してもよかったのだが、頭脳がマヒして、そのていどのことも思いつかなかった。

白い山の何カ所かに、赤い花が咲いている。と見えたのは、赤い帽子だった。ウィッチャー警部の指示で、刑事のひとりが手を伸ばして帽子をひとつ取り、上司に手渡した。

「おなじなのは顔じゃない、帽子だったんだ」

「赤帽子《レッド・キャップ》……？」

「実在したのか⁉」

民間伝承に登場する赤い帽子をかぶった妖精。というと何やらかわいらしく感じるが、帽子の赤は血の色なのである。

十五人の被害者が、ことごとく首を引きちぎられていたのは、怪力を誇示し、恐怖をあおるという目的以外に、赤帽子の正体をかくすためだったのだろうか。

「やつら、イングランドとスコットランドの境界あたりに棲息してるんじゃなかったか」

「伝承ではね」

若すぎる声が発せられた。ジェームズ・モリアーティである。

「人間たちとおなじで、田舎から都会へ集まってきたんでしょうよ。そういう時代ですからね」

「これ以上、人口が増えて、どうするんだ」

刑事のひとりがぼやいた。六百万というロンドンの人口は、エリザベス女王時代のイングランド王国の総人口より多いのだ。

「しかし、赤帽子にしろ何にしろ、水晶宮《クリスタル・パレス》の被害者たちは、死んで時間がたてば、緑色の泡になってしまうのでしょう? この白骨の山は何なのです?」

私が問うと、ウィッチャー警部は眉をしかめた。

「人間だな。ロンドン内外で行方不明になった無数の男女……その、なれのはてだろう」

「た、食べられたんですかね」

刑事のひとりが声を慄《ふる》わせた。ウィッチャー警部は応えなかったが、それが応えだった。

ディケンズは、蒼ざめた顔で、ステッキを床に突いて両足を踏んばっていた。

「赤帽子《レッド・キャップ》ども、ロンドンのこんな近くに、地下帝国をきずいておったのか」

「そして、おぞましい犯行をくりかえしていた。だれか気づかなかったんですか」

「いや、それは無理でしょう」

ディケンズ、私、ジェームズの順で発言した。

たとえば隣家のメイドのアン。あのような境遇の少女が、忽然と姿を消しても、だれも気にしないだろうし、捜そうとする者もいないだろう。

ラム酒をあびるように飲んで、裏道で寝こんでしまった浮浪者。夜、ビルの蔭に身をひそめて「客」を待っている娼婦。家出して花のロンドンへやってきた地方出身の少年。彼らがひと晩のうちに二、三人、いなくなったとしても、ロンドンは気づきもするまい。人口六百万、世界最大の都会は、世界一の犯罪都市でもある。何がおこっても不思議ではない、という例証が目の前にある。

それにしても、彼らはなぜ、人間だけでなく仲間を殺し、死体を放置しておくような行動《まね》をしたのだろう。何らかの必要があったのか、それとも計算ちがいか。まさか、単なる気まぐれではあるまい。

「あの被害者たちは、死んで緑の泡になってしまったでしょ、おじさま」

「ああ、どういう身体の構造をしてるんだろうな」

「そういうことではなくてね、泡になってしまったら、後に証拠がのこらないでしょ？　死体がない、事件そのものがなかったことになる。最初からそのつもりで、騒ぎをおこしたんじゃないかしら」

「……ありえることだね」

いや、たぶん、メープルのいうとおりだろう。そう思ったとき、いきなり変事が生じた。白骨の山が、ぐわらぐわらと奇怪な音をたてて、揺れはじめたのだ。人間たちが声も出ずに、競って跳びのくと、さらに音をたててくずれさった白骨の山のあとから、十人をこす小柄な男たちが出現した。全員が赤い帽子だ。

「こいつら、やっぱり化物の手下か！」

「赤蛇教とかの信者かもしれませんね」

「こいつら自身、化物でしょう」

ジェームズ少年が吐きすてた。警官たちの叫びが、いり乱れている。

「みんな、おなじ顔をしている！」

「ああ、ニワトリに似た顔だ」

「やっぱり血族か」

「兄弟かもしれん」

男たちは子どものように小柄だが、顔は成人《おとな》のもので、黄色っぽいうつろな目と、妙に突き出た口を持ち、鼻はほとんど孔《あな》だけだった。たしかに一見してニワトリを思わせる顔だ。手に手に、棍棒や手鉤を持っており、理由のわからぬ敵意を持ちあわせているようだ。突然、動きが生じて、男たちは武器を振りかざし、猛然とおそいかかってきた。彼らの後から、さらに多くの男たちが押しよせてくる。

容赦する意味も余裕もない。私は右手首と上半身を同時にひねると、ステッキを一閃させた。ステッキは、うなりを生じ、対手《あいて》の右手首を一撃する。猿のような叫びをあげて、対手はもんどりうった。手から肉切り包丁が飛び、床にころがって乾いた音をたてる。

妙な音がした。リズムをつけて拍手する音だ。ひとりの大柄な男があらわれたのだ。

「何だ、あいつは？」

ディケンズが眉をしかめた。

男は赤いシルクハットをかぶり、赤いモーニングを着て、ステッキを手にしていた。何か黒々とした小山のようなものの上にすわりこんでいる。顔はわからなかった。カラスの仮面をかぶっていたからだ。

「何者だね、君は？」

ウィッチャー警部が鋭く問う。

「私は医者だよ」

それで、すべてがわかったような気がした。

医学が急速に進歩していた時代だが、まだ細菌は発見されていない。それはともかく、多くの医学者たちが頭をかかえていたことがあった。死体がたりないのである。

死体解剖は、医学の進歩にとって重要なことだが、親兄弟や妻子の遺体を、「どうぞどうぞ切りきざんでください」と差し出す人などいない。葬式代も払えないほど貧しい者から、遺体を買いとるぐらいが精いっぱいだが、それではとてもたりない。

そこで出現したのが、墓泥棒である。墓をあばいて、柩《ひつぎ》から死体を盗み出し、医者に売りつけるのだ。これでひと財産つくった者もいるのだから、とんでもない話である。さらにとんでもないのは、医者が墓泥棒をやとって、埋葬されたばかりの死体を盗み出させる事件があいついだことだ。これ以上ない、という例は、死体を売るために四人を殺したビショップ、メイ、ウィリアムズという三人組で、メイ以外のふたりは絞首刑に処せられたが、メイだけが無罪放免となった。理由はわからない。

医者と名乗った男は――声で男とわかったのだが、もう一度、名乗った。

「私は医者なんだ。それも、たぐいなき名医だ」

尊大きわまる口調。

「生命をもてあそぶのは、じつに楽しい」

おぞましい台詞を男は平然と口にした。

「殺すだけでなく、生かすのも、奇形にするのも思いのまま。ただ、怖いのは、いつか飽きてしまうだろう、ということだ。その日が来るまでに、もし、あたらしい楽しみを見つけることができなかったらどうしよう、ということだが……ま、まだ当分は、だいじょうぶなようだな」

うっくくふふ……強いて文字にすれば、そういう笑いが、自称医師の仮面の下から洩れてきた。

つくづくいやなやつだ、と思ったとき、刑事のひとりが顔色を変え、うろたえたようすでウィッチャー警部に声をかけた。

Ⅱ

「どうした?」

「は、いや、トンプソン巡査がいなくなったのであります」

「いい年齢《とし》をして、道に迷ったのか」

空腹のブルドッグみたいな顔つきの巡査部長が、咆えるようにいった。不気味な医師があざ笑う。

「いやいや、すまないがね、帝国公務員諸君、入口からここまでは一本道で、迷いたくとも迷えない。かわいそうだが、まっさきに悪《あ》しき運命の犠牲者になったのだろう」

「何だと、だいたいきさまは何者だ？」

「私の名は、ヴァネヴァー・ダグラス・コンプトンバーグ。ちょっと長いのでね、このごろは、死神《デス》と称している」

刑事や警官たちが、獲物を前にした猟犬のように、いろめきたった。

「きさまが、あのふざけた死神か⁉」

「ふざけるのは好きじゃないのだ。いつだって私はまじめな男だよ。もうすこし余裕のある為人《ひととなり》だったら、と反省してるがね。たとえば、うっとうしいと思うと、こうしてしまう」

サーベルが一閃して、赤帽子《レッド・キャップ》のひとりが横転する。緑色の血液らしきものが飛散するとともに、おそろしい悲鳴があがった。首と胴が切り離され、玩具のように床にころがる。

刑事たちがあえいで後退した。

「何てやつだ……自分の手下を殺しやがった」

「ご賞賛ありがとう」

「だれが賞賛してるっていうんだ⁉」

「こまかいことに、こだわらないでくれ。私がくれてやった生命だ。私が取りあげても、もともとだろう」

この台詞で、私は、メープルの推測の正しさを確信した。コンプトンバーグ医師は、死体が残らないことを熟知した上で、殺害をかさねているのだ。私たちの眼前で、首と胴を切り離された赤帽子は、ゆっくりと緑色の泡をたてはじめた。

コンプトンバーグ医師は、自分の穢れた玉座にすわりなおした。見たことも、想像したこともない生物の背中に。

赤いトサカとニワトリの顔を持つ大蛇。その両眼には血走った暗黒がみなぎっていた。理性や知性はもちろん、感情さえ持っているかどうか判明しない。クチバシが開くと、鋭くとがった針のような歯の列が見えた。

頭に近い部分に、足を組んですわった「死神」は、サーベルを後方に放り出した。

「これがまあ、私の最高傑作だ。いまのところはね」

コンプトンバーグ医師は、つまらなそうに話した。

「いずれ、もっとすごいやつをつくってみせるよ。だが、ああ、いかんせん、堕落しきった人の世では、何ごとにも金銭が必要だ。ポンド、ドル、フラン、マルク……」

「どれくらいほしいんだ」とジェームズ。

「さしあたり一億ポンド」

人間たちは息をのんで、その金額を聞いた。

「そんな大金で何をする気だ」

「そうだな、ロンドン塔の上から風にのせてばらまくとでもしようか」

私はあらためて、死神がすわりこんでいる奇怪な生物をながめた。こんな生物が、この世に存在するのか。

蛇に似た怪物といえば、ドラゴン型とワーム型がある。ドラゴンには四肢や翼があるが、ワームには胴体だけで、あとはまったく何もない。巨大な蛇に似ているが、蛇だけではなく、蛇以外の、四肢のない怪物――巨大な蛆《うじ》や蛭《ひる》やミミズなども指《さ》す。だからワームのほうが、ドラゴンよりずっとおぞましい。正直なところ、私はこの場から逃げ出したかった。いますぐに。そうしなかったのは、紳士としてのなけなしの矜《ほこ》りに加えて、動けなかったからだ。手も足も、自分のものとは思われなかった。私はメープルとディケンズを守るべき立場なのに！　なさけない話だ。五十年後に想い出しても恥ずかしい。

警官のひとりが、ふいに絶叫をあげた。理性の箍《たが》が吹きとんで、野性の感情が爆発したのだろう。長さ二フィートの警棒を振りまわし、「死神《デス》」に飛びかかろうとした。

とたんに怪蛇が首を伸ばした。いや、蛇の場合、どこまでが首でどこからが胴か、よくわからないが、とにかく頭部を伸ばすと、真上から警官の頭部を、ぱくりとひと呑みにしてしまった。それから自分の頭部を持ちあげると、警官の全身が高く宙に浮く。怪蛇が咽喉《のど》のあたりを太くしたかと見ると、警官の姿が消えた。ただひと口で呑《の》みこまれたのだ。

何秒かの間、私たちは身動きひとつしなかった。あまりにも非現実的で、自分たちが見た光景の意味がわからなかったのだ。

わかった瞬間。

「うわあああ！」

いくつもの叫喚がかさなりあう。

「やめろ！　ひけ！」

ウィッチャー警部の制止も、集団パニックには通じなかった。警官たちの狂熱に同調しなかったのは五人だけ、ウィッチャー警部の他に、ディケンズ、メープル、私、それにジェームズ・モリアーティ少年である。ただ、ジェームズの両眼は、熱っぽくかがやいていた。

「だれか、だれか助けてくれえ……！」

警官のひとりだろう、恐怖にみちた悲鳴があがった。声のする方向へ、私が視線を向けると、赤帽子《レッド・キャップ》に腕や頸《くび》にかみつかれて血を流している男の姿が見えた。制帽はどこかへ飛んでしまい、茶色の髪がむき出しになって、そこにも赤帽子たちがつかみかかる。耳にかじりつく。

私は彼を助けてやりたかった。いかんせん、私は姪とディケンズと自分自身を守るのに精いっぱいで、それこそ円卓の騎士が五、六人、加勢に来てほしいくらいだった。

「ええい、こいつめ、こいつめ」

ディケンズはディケンズで奮戦していた。彼のステッキは、うなりをあげて旋回した。それこそ、円卓の騎士の槍のように。しかし惜しいことに、九割がたは空振りで、四十代半ばの文豪は体力を浪費するばかりだった。

奇怪な光景は、ますます奇怪さを加えていく。激しくもみあう警官たちと赤帽子《レッド・キャップ》たち。鳥頭蛇身の怪物の上に乗って、見物を決めこむ「死神《デス》」。手も足も出ずに見守る五人の人間。と、赤帽子のうちから何人かが、こちらへ向かって跳びはねるようにおそいかかってきた。

「メープル！」

「おじさま！」

私は赤帽子のひとりを蹴倒し、ひとりの顔面に拳をたたきこんだ。重い本を毎日、階段を上下して運んでいる貸本屋の社員をなめるなよ、といってやりたい。

それにしても、クリミア戦争以来の乱戦乱撃だ。身体でおぼえたことは、なかなか忘れないもので、私はステッキと手足をフル回転させて闘った。赤帽子たちはロシア兵のような規律はなく、その分、性質《たち》が悪かった。しかも人の首を引きちぎるほどの怪力だ。

「多勢に無勢だな」

ディケンズが息を切らしてすわりこみそうになる。その手からステッキをひったくって、右に左に赤帽子をなぎ倒しているのはジェームズだ。成人《おとな》になったら、どれくらい強くなることやら。

「マホン・マクマホン！」

コンプトンバーグ医師が呼ぶと、鳥頭蛇身の怪物がゆるゆると、とぐろを解《ほど》きはじめた。

「マホン・マクマホンだと？　しかし、しかし、あれは伝説の存在だ。おとぎ話の化物じゃないか」

ウィッチャー警部にディケンズが応じる。

「あの男の赤い頭を見たまえ。血と炎をまぜあわせたような赤毛は、レッド・エティンじゃないのか。『赤帽子』たちの王だ」

ディケンズのいうとおり、「死神」ことコンプトンバーグ医師の頭髪は血のように赤い。

「おれたちは幻覚を見ているんだ。こんなことが現実であるはずはない。いまは十九世紀だぞ！」

刑事のひとりが叫んだが、つぎの瞬間、鳥打帽を飛ばしてひっくりかえった。「現実であるはずはない」怪物の尾がひらめいて、彼を打ち倒したのだ。

「やめろ、もうやめろ！」

ウィッチャー警部が全身で叫んだ。

「正気をとりもどせ！　とてもかなわない。逃げろ、逃げるんだ！」

その声は刑事たちの狂熱に冷水をあびせた。

Ⅲ

「天下の警視庁《スコットランド・ヤード》が、まさかニワトリごときに追われて逃げ出すとはなあ」

走りながらディケンズが歎いた。

「ニワトリに歯はありませんよ」

ジェームズが指摘した。

「それに、胴体は蛇だったじゃありませんか。直径は一フィート半というところかな。長さは二十フィート……」

「よく観察してたな」

ジェームズは、私の皮肉に、苦笑とおすましをまじえて応えた。

「あんまりばかばかしい光景なので、かえって気味が悪かったですよ。普通のサイズのニワトリだったら、笑い出していたかもしれません」

「だが、人間ひとりを呑みこむサイズだからな」

「あれは巨大なｗｏｒｍ《ワーム》というべきかな」

まだ呼吸のおさまらないディケンズが、額《ひたい》の汗をぬぐった。

「ニワトリ頭のワームなんて、聞いたこともありません」

「だったら辞書を書きかえるさ」

私は右腕にメープル、左腕にディケンズをかかえこむようにして逃げ出した。退却、退却。

勝てない敵に挑戦してもしかたない。

私たちの左右を、壁画が後方へ流れ去っていく。つまり文化度がしだいに高まっていくわけで、これは私の気分を多少なりと明るい方向へむけてくれた。逃げおおせてやる！

数を半分にへらした人間たちは、来た道を反対に、ひたすら逃げた。最後尾を守っていたウィッチャー警部がつんのめり、あわてて私は彼をささえた。

「警部、ご無事ですか⁉」

「もうすぐ無事でなくなるよ」

ウィッチャー警部の声は切迫していたが、台詞にはまだ幾分かの余裕があった。彼がパニックにおちいっていたら、私たちは、怪蛇の猛追によって全滅していただろう。

私は全力で走った。この年の六月、スコットランドで海底の通路を走ったとき以来の疾駆だ。近代オリンピック大会は一八九六年からはじまったが、一八五七年当時に存在したとしたら、私は補欠選手ぐらいにはなれたかもしれない。

「メープル、無事か⁉」

「へ、へっちゃらよ」

姪は強がる。私はまたどなった。

「ディケンズ先生⁉」

「だ、だいじょうぶだが、ランプが消える――切れた！」

暗闇になる寸前、私はディケンズの手からランプをひったくった。

私は、油の切れたランプを、おぞましい闇へ向けて投げつけた。ガラスの割れる音。赤《レッド》・帽子《キャップ》のだれかに命中したらしい。

無益な後悔が、私を責めたてる。火のついているうちにランプを投げつけていれば、いますこしは敵に損害をあたえることができたかもしれない。

「ニーダム君」

「何です?」

「君と行動をともにすると、何でいつも全力疾走するはめになるんだろうな」

「お言葉ですが、逆ですよ。先生とごいっしょすると、私は走りまくる運命におちいるんです」

死の寸前まで、へらず口をたたくのが、イギリス人の面目というものだ。

「明るくなってきたぞ。出口だ!」

こうして私たちは、かろうじて全滅をまぬがれた。つぎつぎと梯子をつたって地上へと上っていく。

長い長い地下道は、やがて、もとの水晶宮《クリスタル・パレス》に私たちをみちびいた。外にいた待機組がむらがってきて、いささか手荒にひとりずつ穴から引きずり出す。

「と、とにかく助かった」

だれかがあえいだ。地上に出たら、V・D・コンプトンバーグのつくった怪物が、穴から這い出てくるかもしれない。帽子をうしない、コートのボタンをちぎられたウィッチャー警部が、元気な待機組に命じた。

「出口をふさげ! スフィンクスの像をもどすんだ。それに、とにかく重いものを、まわりに集めろ!」

「で、ですがまだなかに十人ぐらい……」

「もういないよ」

警部の声に、待機組は慄然《ぞっ》としたらしいが、あわてて命令にしたがった。

「いったいあの男は何だったんだ」

警部におとらぬ惨状の刑事がうめいた。

「おれはアメリカ人から、先住民の怪物の話を聴いたことがある」

いったのはマクシェーンという金髪の刑事である。なかなかの美男子だが、惨状は同僚と変わらない。

「マニトーとかいったな。隠れ家があって、第一の部屋はごく普通だが、第二の部屋は壁が人骨でつくられていて、床には人間の生皮が敷いてある……」

「それで？」

「あそこそっくりだったじゃないか」

「そいつはアメリカの怪物なんだろ？　何で海を渡ってこの国まで来るんだ」

「王党派だったんだろうよ」

くだらない冗談に、一同は力なく笑った。アメリカが独立戦争をおこしたとき、イギリスに味方した人々がいて、彼らを王党派と呼んだ。アメリカ人のすべてが、独立派ではなかったのだ。

一同が何とか息をととのえると、地下の怪物たちをどうするか、という話が出た。

出入口が一カ所ということは、水晶宮《クリスタル・パレス》の穴をふさいでしまえば、怪物どもは地下に閉じこめられてしまうことになる。あとはできるだけ早く、セメントで出入口を厚くかためてしまうことだ。

「すぐ手配しろ！」警部が命じた。

一九〇七年になっても使われている「普通ポルトランドセメント」は、一八二四年にわが国で発明された。以後、土木建設工事は、一段と進んでいく。

出入口に大量のセメントを流しこんでかためてしまえば、あとは放っておけばよい。怪物どもは餓死するか、共食いするか、いずれにせよ、かってに自滅するだろう。適当な時期をみはからって、セメントを取りのぞけば、怪物どもの死体を学術的に調査することもできるわけだ――ただし死体が残っていれば、の話だが。

その件に関しては、ディケンズが質《ただ》した。

「で、結局、十六の死体のほうは、どうなったのかね」

「ごらんになりますか？」

「もちろんだ」

ということになって、文豪探偵は警視庁《スコットランド・ヤード》の遺体安置所《モルグ》に案内された。ディケンズは、腐臭をふせぐためにハンカチで鼻をおさえていたが、目的地には何もない。

「死体なんて、どこにもないではないか」

「申しあげたかと思いますが、緑色の泡に変わってしまいました。そのあと洗い流しましたので、現在、何もありません」

「泡の一部だけでも、証拠として保管しておけなかったのかね」

ウィッチャー警部は溜息をついた。

「じつは一部、瓶につめておいたのですが、検死のため医科大学に運ぶ途中、すっかり消えてしまったのです」

「それでは、今後、墓地も納骨堂もいらなくなるかもしれんな」

そういった後、ディケンズはいそいで十字を切った。

警視庁《スコットランド・ヤード》のなかは、刑事たちの陰気なささやきあいで満ちていた。

「ニワトリの頭に、ヘビの胴体とはね」

「食ったら、どっちの味がするかな」

「試してみろよ、テッド」

「ごめんこうむるね。穴のなかにはいっていった連中は、自分たちが食われそうになったんだぞ」

地上で待機していた刑事たちは、「死神《デス》」もワームも見ていない。話を聴いても、いまひとつ実感がなく、ついイギリス人の悪癖である皮肉っぽい冗談が飛び出すのは、しかたのないことだった。それでも、ウィッチャー警部やディケンズの蒼白な顔を見て、抑制していたのだ。同僚たちや私やメープルだけだったら、笑いとばして終わりだったかもしれない。だが、地下道へもぐっていった人数が、十五人もへって帰ってきた事実を確認すると、冗談も出なくなった。

ウィッチャー警部は警視総監に報告し、刑事たちにいくつかの指示をあたえた後、気むずかしい表情になって待合室にもどってきて告げた。

「今日のことは、部外者には口外しないように。くれぐれもお願いしますぞ」

いわれるまでもないことだった。

Ⅳ

さて、私とメープルの雇い主であるミューザー氏は部外者だろうか。もちろん、そうに決まっている——はずだが、私たちに捜査への参加を命じたのは、この物好きな社長である。まったく事態を報告しないわけにはいかなかった。

私はメープルに告げた。

「社長に報告してから、家へ帰ろう」

「そうね。でも、たいへんな仕事をおおせつかったものよね」

「ふん、私は貸本屋に就職したんであって、怪物退治業者に雇われたおぼえはないよ」

メープルは、くすくす笑った。今日の一件で、さすが闊達《かったつ》な彼女も、あまり顔色がよくなかったのだが、警視庁で出されたミルクティーのおかげか、元気を回復したようである。

私とメープルは、ディケンズに別れのあいさつをし、警視庁を出て、「ミューザー良書倶《セレクト・ラ》楽部《イブラリー》」に足を向けた。社長は「屋根裏の物置」に私たちを迎えいれ、興奮感激の態《てい》で報告を聴いた。

「いや、ご苦労さん。ふたりとも無事でよかったな」

「それで、社長、申しあげにくいのですが、もうこの仕事は降りさせていただけませんか」

ミューザー社長は小首をかしげた。

「あまり出来のよい冗談ではないね」

「本気ですから」

「おいおい、ニーダム君、それはこまるよ」

「このままでは、私がこまります」

一介の社員が社長に対してこんな口をきけるのは、ミューザー氏の人徳だろう。

突然、メープルが口を開いた。

「ご心配なく。明日は、わたしひとりでもいきます」

「メープル！　いや、ミス・コンウェイ、それはむちゃというものだ」

「だって、おじ――ミスター・ニーダム、社長がこまってらっしゃるんですもの、社員としては最後まで責任を持たなきゃ」

メープルがそういうと、私はさからえなかった。しぶしぶ私はうなずいて、明日もウィッチャー警部に同行することを承知した。

「じつは、それだけではないのだ」

社長は告白した。彼はいま、十人ばかりの作家志望者をかかえている。みんな才能はあるが、一長一短で、だれを選ぶのか、なかなかむずかしい。

そこで社長が考えたのは、彼らに共通のテーマをあたえて競作させ、最優秀者をデビューさせる、という方法である。そして、テーマというのが私の「報告書」なのだ。

私の報告書を典拠《もと》として、一番おもしろい作品をだれが書くのか、社長はもう企画書までつくっていた。内心、私はつぶやいた。

「まったく、このタヌキ親父ときたら……」

社長の口調はもっともらしいが、ほんとうは道楽だろう。一代でヨーロッパ最大の貸本屋をつくりあげ、何人もの新人作家を世に出し、豊かな生活を送っている。そこにいたるまでの苦労を思えば、多少の道楽は許されてよいはずだ。そもそも私やメープルを雇ったこと自体、道楽みたいなものではないか。

「わかりました。ひとりでいくなら、私ひとりでいきます。いえ、ミス・コンウェイのようなうら若い女性を同行させるわけにはいきません」

「おじさまったら！」

「だめだよ、メープル、明日は君をつれていかないからな」

そこへ客がやってきた。自宅でひととおり身なりをととのえてきたディケンズだ。たちまち話は、恐怖の地下道のことにもどった。

「あの死神《デス》野郎は、人間型とワーム型と、二種類の怪物を自分でつくっていたわけか」

「そういうことになるかな」

「だとすれば、人間型の子分だけを選んで殺した、ということになるのでしょうか」

「うーむ」

文豪探偵は地鳴りのようなうなり声をあげ、上流階級からきらわれているモジャモジャ頭をかきまわした。

「吾輩は思うのだが……あのホプキンス、いや……」

「コンプトンバーグです」

「そうだった。めんどうだから、本人の名乗りどおり死神《デス》と呼んでやろう。死神のやつは生命をもてあそぶのが楽しい、といっておった。それで、生かしては殺し、という行為をはじめたのかもしれんな」

「今後もつづけるつもりでしょうか」

「つづけるだろうさ。つかまってもおらんのだしな。まあ、生きている間だけの話だろうが」

ディケンズは肩をすくめた。

「吾輩は、長所も短所もふくめて、イギリスを愛しておる。だが、今回の怪物は願いさげだな」

すると、ミルクティーを運んできたメープルが口をはさんだ。

「あの怪物だって、役に立つ可能性があると思います」

「ほう、それは何かね。ぜひ聴かせてもらいたいな」

「あの怪物の前に、シブソープ議員を放り出して、食べさせるんです」

ディケンズは爆笑した。シブソープは、「本を読むのが大きらいだ」と公言し、「図書館設置法」の成立を妨害したような人物だから、いわば、あらゆる作家や詩人の敵みたいなものだった。

「そいつは名案だ。しかし、成功するかな。シブソープの毒にあたって、怪物のほうが死んでしまうかもしれんぞ」

「それならそれで、けっこうな結末じゃありませんか。両者共倒れ、というのが理想的ですね」

調子に乗って、私も口を出した。四人は声をそろえて笑い、その笑いがやむと、いささか陰気な顔を見あわせあった。四人とも知っていたのだ、冗談も笑いも、不安や恐怖を払拭するため、無理にかわしあったものだ、ということを。

「さて、長居してしまったな。申しわけない。これで失礼させていただくよ」

ディケンズは立ちあがり、社長と私とメープルは玄関まで彼を見送った。といっても、厚くもない扉をあけただけである。

「ちょっと突飛な考えだがね、吾輩は考えてみた。あの怪物は、大昔に、聖《セント》ジョージが退治したと伝えられるドラゴンではなかろうか」

「聖《セント》ジョージが退治したドラゴン⁉」

他の三人は、あっけにとられた。

聖ジョージといえば古代の騎士で、邪悪なドラゴンを殺して、イギリスの守護聖人となった人だ。しかし、もちろん伝説上のことで、ドラゴンを退治した場所も、いくつもの説がある。

「資料によっては、聖ジョージが殺したのはドラゴンではなくｗｏｒｍ《ワーム》だとも書いてある。だとしたら、まさに吾輩たちが食われそうになったやつだ」

「ワームですか……」

「思いつきだ、あくまで思いつきだよ。それじゃ、そろそろ失礼する。おやすみ」

ディケンズが辞した後、私たち三人は顔を見あわせた。

「あの奇説を開陳するだけのために、わざわざやってきたのかね、ディケンズは。パーカーのやつ、何をやっとるんだ」

ミューザー社長はご機嫌ななめになって、善良な社員に文句をつけた。

「パーカーさんはよくやってますよ」

私は話をそらせたが、実際のところ、気になっていたことがあった。

「そもそも、あの怪物どもと、壁画との間に、どんな関係があるのだろうか」

ということである。

「あの怪物たちが壁画を描いたのかしら」

「どうもしっくりこない。あの壁画を描いた古い種族の残党がいて、それをコンプトンバーグが亡ぼし、壁画をわがものにしたんじゃないか」

「壁画なんかに関心を持つやつか」

「このことを知ったら、学者たちが大騒ぎするわね」

「最後に出てきた蛇の怪物だが、もうすこしくわしく教えてくれんかね」

ミューザー社長は、いろいろ欠点があるにせよ、気前のいい人であったのは、たしかな事実である。私たちは、しばらく出勤時刻自由という特権を獲得して、会社を辞した。

V

「やれやれ、もうごめんこうむりたいね」

私は建築中の時計塔《クロック・タワー》を見やった。この大時計は、完成すれば高さ三百二十フィートになるという。時刻《とき》を告げる鐘は、直径九フィート、高さ七フィート半、重さは十三トン半で、まさしく「時計の王さま」になるはずだった。

このあたりのテムズ河は、わずかにカーブを描いて流れ、国会議事堂の時計塔をはじめとして、いくつもあたらしいビルの工事が一望でき、まさに絶景だった。

古くからのロンドン橋は一八三一年にかけかえられたが、ウェストミンスター橋は改修工事のまっさいちゅうだった。一八六二年に、七つのアーチを持つ優美な鋳鉄製の橋が完成することになる。

寥々《りょうりょう》たる冬景色とはいえ、地上の風景であり、往きかうのは人間や馬である。つい数時間前のことを思えば、幸福な風景だった。私とメープルは、例によって例のごとく、ハイド・パークに足をむけた。

まったく、ロンドンの街路や公園を散歩すれば、きりがない。純粋のロンドンっ子である私やメープルでさえ、迷子になってしまいそうである。まして、ヴィクトリア女王時代にはいってから、あちらもこちらも再開発中、建設中、工事中だったから、うかつに歩きまわるのは考えものだった。

さらには、アイルランド、イタリア、フランス、インド、中国などからの移民が流入し、もちろんユダヤ人もいる。アメリカから来る黒人もいた。彼らの大半は、まじめに働いていたが、例外もいるわけで、アメリカから来た白人が、顔を黒く塗って黒人のふりをし、黒人解放のための寄付をつのって、詐欺罪でつかまるという事件まであった。

「紅茶はホワイト《ミルクティー》？　ブラック《ストレートティー》？」

と尋ねる屋台の紅茶売りの声まで、地下の怪物たちにくらべれば、人間らしいひびきを帯びている。今回の事件は、犠牲者の数だけとっても、私などの手におえる範囲をこえていた。

私とメープルは長椅子に腰をおろし、ミルクティーのカップで両手をあたためながら、往来する馬車や人々を「見物」した。

遠くには、三階建ての豪邸が見えた。ごく薄い茶色の邸宅は、ウェリントン公爵アーサー・ウェルズリー元帥の住居である。この人はワーテルローの大会戦でナポレオンを破ったイギリスの国民的英雄だが、ちょっと皮肉屋のところがあって、

「後世の人々は、イギリス軍が勝ったとはいわないで、ナポレオンが敗れたというだろうよ」

と、つねづね語っていたそうだ。実際そのとおりになっている。

ウェリントン公爵は、「水晶宮《クリスタル・パレス》」の完成にも貢献した。設計や工事に関与したわけではない。工事の途中で、こまったことがおきた。スズメの大群が、ガラスの屋根の下にいくつも巣をつくっていすわったのである。工事がおくれるのを心配した女王陛下が、ウェリントン公爵を招いて、スズメを追いはらう方法を諮問《しもん》した。公爵は奉答した。

「タカを一羽、お放しください」

そのとおりにして、タカを一羽、水晶宮のなかに放すと、数千羽のスズメたちはパニックをおこし、いっせいに逃げ去って、二度ともどってこなかった。

女王陛下のおほめにあずかったウェリントン公爵は、御前を退出すると、知人に語ったそうである。

「ワーテルローのときよりは楽だったね」

やっぱり皮肉屋だったようだ。

身体をあたためるために熱い飲物を喫するのは、理にかなったことだが、飲みかたが案外むずかしい。時間をかけてゆっくり飲んでいると、ぬるくなってしまうし、一気に飲めば体

内で早く冷めてしまう。貧しい人たちが強烈なジンを飲めば、あたたかいまま眠れるが、そのまま凍死してしまう。

くだらない心配だが、そんなことを考えていられるのも、生きていればこそだ。ベンチの前を通過していく人馬の列は、平和の証だった。

ふと気がつくと、灰色とも茶色ともつかない毛皮のかたまりが、私とメープルのまわりを動きまわっている。ハイド・パークの主面《ぬしづら》をしているリスのマイケルだった。

このなまいきなリスは、一八五八年から五九年にかけての冬の間に死んだ。〝死神〟事件からほぼ一年後、五八年の十一月に、私とメープルがすわっているベンチへやってきたとき、すっかり衰弱して、踊ることも跳びはねることもせず、すわりこんでいるだけだった。

「マイケル、元気をお出し」

メープルがスコーンのかけらをやると、おじぎをして受けとった後、とぼとぼと自分の巣へ帰っていった。そしてそれっきり、一八五九年の春が来ても姿を見せなかった。

メープルは哀しんだが、リスの寿命はごく短いから、しかたないことだった。私は、マイケルは冬眠中にそのままおだやかに死んだのだろう、といって姪をなぐさめたものだ。

それは後日の話である。この日のマイケルは、まだまだ元気で、メープルのひざを駆け上ったり、駆け下りたり、私の帽子の上によじ登ってすわりこんだり、大いそがしだった。合間には、メープルがくれたスコーンをかじっては、私を見て、「分けてなんかやるもんか」と合図したりする。

「いまに見てろ、思い知らせてやるからな」

私が毒づいても平然として、メープルのご機嫌をうかがっている。まったく、つらにくいったらありはしない。

ミルクティーを飲み終えて、私たちは家路をたどった。マーサがあたたかい料理をつくって待っていてくれるはずだったが、私たちの足どりはいささか重かった。というのも、私もメープルも、刑事たち同様、さんざんなありさまだったからだ。きっと怒られるぞ、と思っていたら、はたして予想どおりだった。

「毎日毎日、どんな仕事をなさったら、こんなにお汚れになるんですか⁉」

「すまない、マーサ」

「ごめんなさいね、マーサ」

「わたしはいいんですよ。洗濯は好きでございますしね。ただ、いつでしたか、あまり危険な行動《まね》はなさらない、と、おふたり口をそろえておっしゃったような憶えが……」

私とメープルは小さくなった。ありがたいことに、マーサはそれ以上はいわず、早く着替えるよう告げた。

「ねえ、マーサ、お隣のアンの服も洗ってあげられないものかしら」

「それは、わたしも考えていたんでございますよ。でも、いま着ている服を洗ってしまうと、着替えがない、と、アンが申しますので……」

マーサの口調は本気で怒ったものになった。「カニンガムの鬼婆」は、いずれケチや強欲な者がいく地獄に堕ちるであろう、と確信を持って予言した。

「今後、アンをどうするかなあ」

カニンガム夫人は、すでに七十代の後半で、こういっては非礼だが、いつ亡くなってもおかしくない。親戚《みより》もほとんどないという話だ。どんな「鬼婆」であっても、アンを同居させていたのだから、もし夫人が亡くなれば、アンは住む場所をうしなってしまう。

これまでの成りゆきからいって、わが家が引きとるべきかもしれないが、余分な部屋がないし、そもそもメイドをふたりも雇うような身分でもない。

「資産家《かねもち》の知人でもいればねえ、おじさま」

「いることはいるけどね」

「ふたりでしょ?」

「そう」

読者諸賢《しょけん》もおわかりのことだと思うが、私たちの資産家ふたりといえば、ディケンズとミューザー社長のことだった。ふたりとも親切な人だ。

ただ、いくら親切でも、メイドを雇ってもらうというのは、あつかましすぎる。そもそも、メイドにかぎらず、執事やら家政婦長やら、使用人があたらしく雇ってもらうには、もとの主人の推薦状が必要だった。使用人のほうにも性質《たち》の悪い者がいたのは事実だから、推薦状も持たない者を、うかつに家のなかに入れるわけにはいかなかったのである。

「まあ、アンのことはいずれ考えよう。当面は、あの死神《デス》コンプトンバーグと、ニワトリ頭のワームのことだ」

ウィッチャー警部が今日の惨状を上層部《おえらがた》に報告して、警察が処置をとることになっていた。おそらく、水晶宮《クリスタル・パレス》のスフィンクスの像を動かし、地下道への出入口にセメントを流しこんで封鎖してしまう、ということになりそうだ。スフィンクスの像は野外にうつされるらしい。いずれにせよ、私たちが口を出せる段階は、とうにすぎていた。

そもそも、ディケンズはまだしも、貸本屋の社員ごときが捜査に参加していたことで、警視総監は腹を立てているらしい。

リチャード・メイン警視総監は、アイルランド出身で、この年六十一歳。もともとは法律家で、一八二九年以来、警視庁のトップに君臨していた。頑固で、ずけずけものをいうが、筋は通すし、まちがいなく有能で、イギリス近代警察の基礎をきずいた人である。

クリミア戦争前、三文《ワンペニー》新聞の記者だったころ、私はこの人にインタビューしたことがある。内容は忘れてしまったが、ぎろりと大きな目でにらまれると、よく舌が動かなくなったものだ。

翌々日、薄汚れた十二、三歳の少年が、ディケンズの手紙を持ってミューザー良書倶楽部《セレクト・ライブラリー》にあらわれた。二ペンスのチップをやると、少年は大よろこびで走り去った。私は手紙を読み、社長に話をして、姪といっしょに店を飛び出した。

警視庁《スコットランド・ヤード》はすばやく動いていた。ウィッチャー警部の具申を採《と》りあげ、恐怖の地下道の出入口をセメントでふさいでしまうことになったのだ。

ウィッチャー警部の指示のもと、穴の奥へ、大量のセメントが流しこまれていくのを見て、

「うん、よし、これで終わったな」

ディケンズは、ステッキで自分の肩をたたきながら、うなずいたそうだ。心から安堵《ホッと》した表情ではなく、不安と懸念の色がただよっていたという話だった。

地下の怪人と怪物を、どうしても殺す必要はなかった。地上に出て来なければいいのである。だれもおとずれない地下の奥深くで、死ぬまで生活していればいい。

残念なのは、シブソープ議員を地下に放りこんでやれなかったことと、謎の壁画を世に出せなかったことだが、後者のほうは、いずれ科学が進歩すれば、学界が調査するだろう。後の世代にまかせておくしかないことだ。

前者については、シブソープだって不老不死ではないのだから、遠からず地獄に堕ちるだろう。いずれにしても、もはや私たちには関係ないことだ。

そう思うと、私は心から安堵《ホッと》した。黒い雲がちらちらと心の青空を横切っていったが、無視することにした。ところが、幸福と安心の時間は、一気にくずれ去ったのである。

「アデルフィ・テラスで、たいへんな騒ぎがおこっています。棲みついたホームレスたちが、怪物だと叫びながら、我先にと逃げ出しておりまして……」

そういう急報がもたらされたのだ。

アデルフィ・テラスとは、テムズ河とストランド街との間にできた貧しい市街地だが、地上より地下のほうが有名だった。テムズ河までつづく下水路と道路が巨大なアーチ状のトン

ネルになっており、小さな家さえ持てない、貧しい人々の、最後の避難所となっていたのだ。

「アデルフィ・テラスまで追い出されたら、自殺するか刑務所にいくしかない」

といわれていた。

そのアデルフィ・テラスに、地下道の怪物があらわれた？　セメントで封鎖したはずではなかったのか？　まだ別の出口が、アデルフィ・テラスにあったのか。

思案している場合ではない。私はシルクハットとステッキをひっつかみ、机の抽出から拳銃をとり出してポケットにおさめると、メープルに声をかけて、ディケンズとともにその場から走り出した。

第七章　テムズ河に消えた怪物のこと
死神と最後の対決をすること

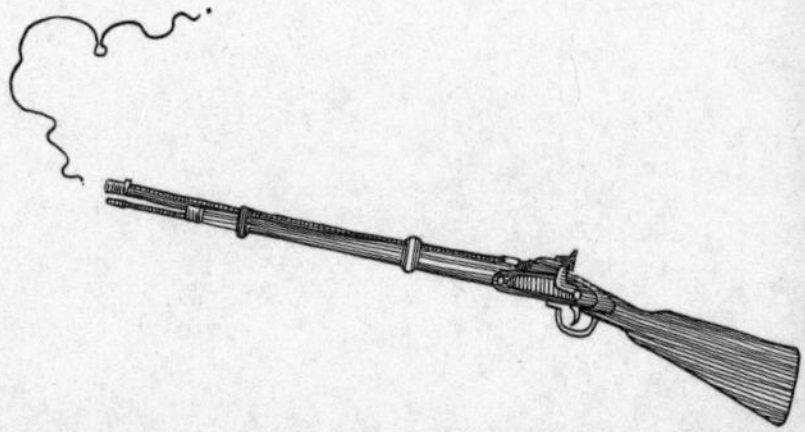

I

「ロンドンに魔獣あらわる！」

三文新聞《ワンペニー》なら、狂喜してそう書きたてたであろう。実際、書きたてたのだが、ほどなく忘れ去られ、後世の伝説にはならなかった。理由はあとで述べる。

「何たることだ。シドナムからアデルフィ・テラスまで地下道がつづいておったのか」

ディケンズがうなる。

「十マイル近くあるぞ。しかもロンドンを東西に横断しておる。あの地下道は、そんなに長かったのか」

「べつの地下道かもしれませんよ」

「うむ、とにかくこんなところでセメント工事の見物などしておれん。いくぞ、ニーダム君、ミス・コンウェイ」

ディケンズはシルクハットをかぶりなおすと、ステッキを振りまわしながら、自分の馬車へと駆け出した。私とメープルは、たいして苦労もせず、あとを追ったが、馬車に乗りこむときメープルがささやいた。

「おじさま、わたし、ずっと考えてることがあるんだけどな」

「何だい？」

「まだ考えがまとまってないの。あとでお話しするわね」

「楽しみにしてるよ」

それだけいって、私も沈黙した。聡明な姪が、頭脳をフル回転させていることがわかったので、さまたげないようにしたのだ。私には私で、考えなければならないことがあった。アデルフィ・テラスは一言でいってスラム街同然の地区だ。治安もよくない。そこに怪物があらわれた意味を、考える必要があった。

私たち三人を乗せて、馬車はすぐ走り出した。

ディケンズは気が急いてたまらぬらしく、組んだ脚をしきりにゆすっている。私とメープルはおとなしくしていたが、やがてディケンズは例によって大声でしゃべり出した。

「とにかく、死神《デス》とその一党は、シドナムからアデルフィ・テラスにいたるまで、ロンドンの地底を好きかってに移動しているわけだな。そして、そのことを誇示しておる。けしからんと同時に、おそるべきやつらだ」

私はとりあえず応じた。

「それにしても、それほどの力があるなら、なぜこれまでおとなしくしていたのでしょうか」

　大都会ロンドンを西から東へ向けて疾走する馬車は、夜明けへ向けて駆けぬけていくようだ。午前九時半、冬のイングランドは夜が明けてまもない。

「もうひとつあるわ、おじさま」

「聴かせてくれ」

「つまりね、死神《デス》があんな力を手に入れたのは、そんな古いことじゃないのよ。というより、つい最近のことじゃないかしら。だから、力を見せびらかしたくてたまらないんだわ——子どもが、あたらしい玩具を手にいれたようなものよ」

　そういったのが、最年少のメープルだったので、年長者たちは思わず笑い出しそうになったが、笑いごとではない。

「そもそもよ、死神と称する人物が、事件をおこしたのは、つい何日か前のことでしょ？　それまで、伝説でも、新聞記事でも、水晶宮《クリスタル・パレス》の地下に死神なる者がひそんで悪事をはたらいている、なんて聞いたこともないわ。これは、ごくあたらしい犯罪なのよ」

「うーむ、一理ある」

　ディケンズはうなずいた。

「としても、死神めはこれまでなぜ悪事をはたらかなかったのか。ま、準備も計画も必要だったろうが……変ないいかたになるが、何のために悪事をはたらくのか」

　ディケンズはステッキの先端で、馬車の床を突いた。

「ミス・コンウェイの推測はなかなかのものだ。それにしても、どんなことをたくらんでいたのか、これが一番の問題だな」

白いものが、暗い灰色の空と暗い灰色の地を、ビーズのようにつなぎはじめた。雪が降ってきたのだ。

メープルの語った推測は、私ばかりかディケンズをも仰天させた。ただ私は、メープルが推測のすべてを語っていないような気がしたが、無理に問い質すようなものではない。彼女の考えが完全にまとまるのを待つことにしよう。

ほぼテムズ河にそって走ること、一時間あまり。馬車はロンドン市街を駆けぬけ、アデルフィ・テラス近くに駐まった。ウィッチャー警部が待っていた。

「ニーダム君、よく来てくれた。ディケンズ先生まで……まったく、お恥ずかしいかぎりですが、英知を結集する必要がありましてね」

「英知はミス・コンウェイにまかせるよ。吾輩は好奇心だけで、申しわけないいな」

夜明け後とは思えないほど、天も地も暗い。ウィッチャー警部に半歩おくれて歩きながら、私は質問を投げかけた。

「コンプトンバーグ医師って、どんな人物だったのですか?」

「残念だが、ほとんどわからない」

警部は深い溜息をついた。

「一七九〇年に生まれて、シェフィールドの医科大学を卒業《で》たことはわかった。実家はそこそこの資産家だったらしい。ところが、その後は、とんと不明なのだよ」

「一七九〇年生まれですって？」

「そうだ」

「それでは、七十歳近くということになります。あの死神《デス》の動きは、老人のものではありませんよ」

「若返りの薬でも服《の》んだのかしら」

大まじめな表情《かお》で、メープルが腕を組んだ。あらたな謎が彼女をつかんだらしい。

周囲には、人々がいり乱れ、大声があがっていた。半数は警官だが、半数は、ここアデルフィ・テラスで暮らしている貧困階級の男女だった。

冬空に粗末な服を着た人々が、寒さと恐怖に慄えながら、つぎつぎと出てくる。

酒の匂いが鼻をついた。寒さをしのぐために、安酒のジンを飲んでいるのだ。成人だけではない、子どもまで飲んでいる。酒毒に侵され、医者にもかかれず、栄養もとれず、若いうちに全身ボロボロになって死んでいく。

まさしく、『オリヴァー・トゥイスト』でディケンズが描き出した世界だった。

「彼らを何とかしてやれんのかね。住処を追い出されて、どうしろというんだ。何なら吾輩が費用を出してもいいから……」

「策《て》は打ってあります。ある方にお願いして……ご心配なく」

本心では、「よけいなことはいわないでくれ」といいたかったかもしれないが、あくまでも穏健にウィッチャー警部は応じ、三人の部外者を引率して足を進めた。ディケンズも、何かいいたそうだったが、立場をわきまえたのか、無言でついていく。

ディケンズの収入は、年間一万ポンドをこえる。それだけ売れ、それだけ仕事をしていたわけで、だれからも非難される筋合はないだろう。ところで、仕事が多いということは、つきあう出版社も多いし、編集者の知り合いも多いということである。

「あっ、ディケンズ先生、いまごろ、こんなところで何をなさってるんです⁉」

その声を聞くと、ディケンズは愕然《ぎょっ》としたように立ちすくんだが、それも一瞬、半ば私の蔭に隠れるようにした。

「まずい、あれはマクミラン社の編集者だ」

「ここの事件を取材に来たんでしょう。お気になさることは……」

「ディケンズ先生！」

「あれはチェンバース社のやつだ。まったく、よけいなとき、よけいなところにあらわれおる。けしからん」

先方はディケンズをけしからんと思っているだろう。

「おおい、そこの若いの、だれか知らんが、ディケンズ先生をつかまえていてくれ！　お礼に十シリングやるぞ！」

十シリングとは、廉《やす》く見られたものだ。ディケンズは私の腕をとった。

「君、君、まさか十シリングで吾輩をあいつらに売るつもりではなかろうな⁉」

「十シリングで先生を売ったりしませんよ。百ポンドならべつですが」

「おい、ニーダム君！」

「冗談です。こちらへどうぞ」

「君は冗談が拙劣《へた》だな、まったく」

ディケンズはむくれた。大流行作家の宿命で、顔をあわせるとまずい対手《あいて》が、年々ふえていくものだ。私としても、貸本屋の社員としては、ディケンズにたくさん原稿を生産してもらわないとこまるのだが、いまは立場がちがうし、第一、社長命令がある。何くわぬ表情《かお》をしてディケンズの身体を隠し、メープルとともに足を速めた。

「おい、ニーダム、おまえさんは、おれたちの味方だよな」

顔見知りの編集者がどなった。彼の心情は察するにあまりあるが、いまはディケンズを守るほうが優先する。

私は「うんうん、わかってる」といいたげな表情をつくってうなずいてみせ、実際は何もいわず、ディケンズをかばいながら警官たちの陣列をくぐりぬけた。

Ⅱ

編集者たちの手からは逃れたものの、ディケンズと私の前方にひろがっていたのは寒冷と貧困と流血の、三拍子そろった煉獄だった。あと一歩半で地獄に転落できる位置に、かろうじて建ちならんでいるのが、アデルフィ・テラスなのだ。

悪臭がただよってくる。テムズ河の水面から、地下道の出入口から、安酒場から、そしてゴミの山から……。

「呑まれたよ！」

顔色の悪い、やつれた感じの中年女性が叫んだ。

「あたしの亭主が、あのニワトリヘビに、ひと口で呑みこまれちまった。助けて！　神さま、お救いください」

女性は泣き出して、汚れたエプロンを両目にあてた。眼病の原因《もと》になる行動だ。不衛生の、不幸な循環である。

どうしてやることもできなかった。大文豪のディケンズでも、怪物に食われた死者を生きかえらせることはできない。

「ひどいことをしおる」

ディケンズが歯がみした。

「出てこい、死神《デス》、聖《セント》ジョージの名にかけて、きさまに鉄槌をくらわせてくれる！」

「死神がアデルフィ・テラスにいるとはかぎりませんよ」

「何だって？」

「おじさまのいうとおりです、ディケンズ先生。アデルフィ・テラスで怪物を暴れさせておいて、死神本人はべつの場所で何かしでかす可能性がありますわ」

ディケンズが鼻を鳴らした。

「だとしたら、けっこうな戦術家だな」

「たしかに」

現にアデルフィ・テラスに怪物があらわれたとしたら、陽動だとわかっていても、警察力を集中させないわけにはいかない。どこに出現するかわからないのだ。

「け、警視総監閣下！」

めずらしく、ウィッチャー警部の声がうわずった。すぐ近くに四輪馬車がとまり、ひとりの紳士が降り立ったのだ。シルクハットに燕尾服、太い眉、黒い頰ヒゲ、やせ気味の鋭い顔。今年六十一歳になる警視総監サー・リチャード・メイン氏だった。彼はじろりとウィッチャー警部を見て、敬礼を受けると、おちつきはらって部下たちに命令を出した。

「アデルフィ・テラスを封鎖しろ。怪物を外に出すな。それから、ジャクソン警部！」

「は、はい」

「死神がどこかにひそんでいるはずだ。捜し出して逮捕しろ。人数はどれほど必要だ？」

「それは多ければ多いほど……」

「悪いな、二十人しか出せん。どこにひそんでいるかもわからん。ひどい命令だとは思うが、やってもらう」

「……は、全力をつくします」

ジャクソン警部と呼ばれた人物は、かたくなって敬礼すると、あわただしく去った。

メイン総監は私たち一同を見まわしたが、メープルを見ると、すこし不思議そうな表情をした。

「お嬢さん、ここは危険ですぞ、早く退避なさい」

そういうと、その場の警官たちを集めて、みずから事情を聴取しはじめた。ニワトリ頭の大蛇だの、そいつが人を呑みこんだだのと聴いても、笑いも怒りもしなかった。

「象撃ち用の銃を用意しろ」

メイン警視総監が命じた。

「これでだめなら、軍隊の出動を要請するしかない。もっと強力な武器があればいいのだが」

有名なガトリング機関銃は、この当時、まだ発明されていない。アメリカの南北戦争までは、おそらくエンフィールド銃が最強の銃だった。

激しい物音と悲鳴が、地下道の方向から聞こえてきた。アデルフィ・テラスの地下道を下っていくと、テムズ河の舟着き場のひとつに出るが、下水は流れこんでいるし、ホームレスは棲みついているし、ゴミは捨てられているし、で、身分の高い人たちにとっては、インドより遠い場所だった。だが、メイン総監は平然としてそちらへ足を向けた。おともの警部やら刑事やらが、あわてて彼の周囲をかためる。一瞬の隙をついて、私はメイン氏に声をかけた。

「まさかロンドン市内で大砲をぶっ放すつもりじゃないでしょうね⁉」

「最悪の場合は、そうなる」

「……アデルフィ・テラスならかまわない、ということですか」

「ばかな！　いや、失礼、いいかね、怪物はアデルフィ・テラスで暴れまわっているのだ。砲弾を撃ちこむなら、敵のいるところだろう。ケンジントン・パークやウェストミンスター寺院に撃ちこんでどうする」

メイン警視総監も、いつもの冷静さをいささか失っているようだった。話の後半、論旨がずれている。

私はさらに問いかけようとしたが、警官たちにはばまれた。一八五七年当時といえば、大半が軍人出身のこわもてだった。クリミア戦争が終わって失業した兵士や下士官たちが、警察に流れこんできたからである。もし、「ミューザー良書倶楽部《セレクト・ライブラリー》」にひろわれなかったら、私もそうなっていたかもしれない。

「水に落ちるなよ！　死ぬぞ！」

だれかが叫んでいる。

これは笑い話ではすまなかった。下水道もテムズ河も、汚染された水であふれている。水に落ちて、汚水を飲んだりしたらもちろんのこと、鼻や目に汚水がはいったら、ただではすまない。

母なるテムズよ！　汝を下水以下に貶《おと》しめた我らイギリス人の罪を赦したまえ。

それにしても、こうなると、何のために私たちは警視総監じきじきのおでましで、ウィッチャー警部どころか、警視総監じきじきのおでましで、アデルフィ・テラスなどにいるのか、わからなくなった。ウィッチャー警部どころか、ディケンズも出番などありはしない。せめて、もうすこしここにいてミューザー社長に報告するか。

そう思ったとき、地下道の奥から、何やら騒がしい音が聞こえてきた。

警官たちは、メイン総監を守りながら、どっと音をたてる勢いで後退してきた。怪物があとを追ってくる。

「ニワトリの頭を持ったヘビ」と、「ヘビの頭を持ったニワトリ」の、どちらが気味が悪いか。

答えは、「両方とも」だ。

酔っぱらいがひとり、襟首を怪物のクチバシにくわえられ、理由もわからぬままに、本能的な恐怖から泣きわめいていた。警官がふたり、左右の脚をかかえこんで、必死に引っぱっている。公僕としてりっぱな行動であったが、あわれな酔っぱらいは意識せぬ自殺行為に出た。

激しく両脚を動かして、救いの手を蹴とばしたあげく、「げえッ」と声をあげて嘔吐したのだ。

悪臭とともにアルコールをあびせられた警官たちは、「わッ」と叫んで手を離してしまったが、だれが彼らを責められようか。みずから救いの手を断った酔っぱらいは、一挙に怪物の口もとに引きずりこまれ、頭をくわえこまれた。

悲鳴もあげられない。そのまま空中に持ちあげられ、首から胸、腹から足と呑みこまれていく。

警官のひとりが、頭部に怪蛇の尾をたたきつけられた。一撃で帽子が飛び、警官は鼻孔から血を噴き出しながら倒れる。

「あっ、ロバーツ!」

「やりやがったな、この化物野郎が……!」

軍人出身の警官たちは、同僚の仇を討とうといきりたった。

そのとき、車輪の音が石畳に鳴りひびいて、一両の四輪馬車が街頭に姿をあらわした。私たちの前で急停止する。

馬車から飛びおりたのは四十歳ぐらいの女性だった。私はその場に立ちつくした。

Ⅲ

女性は堂々たる貴婦人の容貌をしていたが、服装は質素なもので、灰色《グレー》の看護婦のよそおいだった。彼女は視線を動かして私の顔を見ると、たちまち想い出したらしく、ためらいのない足どりで近づいてきた。私はうめいた。

「ナイチンゲール女史!」

「ミスター・ニーダム、おひさしぶりですね」

「そ、その後、ごあいさつにも、うかがいませんで……」

「そんなことより、よろしければ、てつだってくださらない? このままでは、怪物に殺されなくても、凍死してしまいます」

「おっしゃるとおりです。おてつだいします」

私が一礼すると、瞳をかがやかせたメープルが飛び出してきた。

「ナイチンゲール先生、わたしもおてつだいさせてください」

「あなたは?」

「ニーダムの姪です。メープル・コンウェイと申します」

「ありがとう、感謝しますよ」

ナイチンゲール女史はメープルの肩を抱き、私の姪は感激で頬を染めた。

ただ、具体的にどうすればよいのか。まず必要な物資が何もない。

「陸軍省に依頼して、備蓄された食糧と毛布を分けてもらいました。すぐ荷馬車が来るはずです」

さすがはナイチンゲール女史だ。

「とりあえず、風のあたらない場所に、子どもと病人をうつしてください」

ほどなく荷馬車が駆けつけてきた。三人の看護兵が、毛布や食糧を投げ落とす。こちらはそれを受けとる。

各種のビスケット、栄養食品のペミカン、ハム、レーズン、牛肉の缶詰、チキンスープの缶詰……貧しい人々の間から歓声があがった。

「まず子どもたちに配って、ミス・コンウェイ。ミスター・ニーダムは毛布を敷いてくださ い」

看護婦たちには火を焚いて湯をわかすように命じ、看護兵たちには毛布の上に病人を寝かせるよう指示する。

私はナイチンゲール女史を心から敬愛し、信頼していた。彼女の勇気と先見力と組織能力があれば、この騒ぎを収拾できるだろう。

現在一九〇七年、スウェーデンの実業家がノーベル平和賞とやらを設立して六年になるが、この賞をいまだにナイチンゲール女史が受賞していないのは、どういうわけだろう。女性に授賞するのがいやで、八十七歳になる彼女が亡くなるのを待っているとしか思えない。まったく男というものはどうしようもない。

熱いチキンスープをブリキ缶で飲む子どもたちの顔が、みるみる生色を取りもどす。その手に分厚いビスケットが渡される。

「元気の出た子はいる？　はい、ではてつだってね。そこのお婆さんを毛布の上に寝かせてあげて」

群衆の混乱は、ぐんぐん整理されていく。ところが世の中には酔っぱらいというやっかいな人種がいる。

「ジンはねえのかい、姐《あね》さん」

「ジンもラムもエールもありません。食べる気がないなら、列から出てください」

毅然としてナイチンゲール女史は言い放つ。酔っぱらいは酒の匂いを四方にまきちらしながら、なお粘ろうとしたので、私は飛んでいって、彼の襟首をつかみ、列から引きずり出した。かるく押すと、そのまま酔っぱらいはずり落ちるように路上にくずれた。

「どこかよそへ放り出しましょうか」

「ありがとう、でも必要はありません。凍死しないよう、毛布をかけてあげて」

こんなやつ凍死してしまえ、というのが私の本心だったが、もちろんさからえはしない。指示にしたがった。ナイチンゲール女史が指示を下すと、烏合《うごう》の衆がたちまち秩序ある救援部隊と化す。まるで魔術だった。

五人を毛布の上に寝かせて、額の汗をぬぐう。怪物のことも気になったが、部外者のでしゃばりを非難されるより、こちらの奉仕のほうが、よほど建設的だろう。

「たいしたものだなあ」

その声に振り向くと、私の知るかぎり一番なまいきな少年が立っていた。

「ジェームズ！　何でこんなところに来た⁉」

「最初から見てたんだから、最後まで見とどけますよ」

「そうか、だったら、てつだってくれ。人手はあったほうがいい」

ジェームズはアメリカ人のように肩をすくめた。

「ぼくは、ナイチンゲール女史の指導者ぶりを勉強したいんですけどね。あの指導力と決断力は、ナポレオン以来の名将ぶりだ」

「てつだう気がないならお帰りなさい」

メープルがきびしく命じた。

「じゃまだし、第一あぶなくってよ」

「てつだいますよ。ぼくは外見《みかけ》より力がありますからね」

そのとき、けたたましいニワトリヘビの咆哮がとどろいて、傷を負った怪物の体が、家の一軒に倒れかかってきた。

家というより小屋だが、怪蛇の尾の一撃で、半分、吹っとんだ。粗末な木材、安物のレンガ、ガラスなどが、けたたましい音をたてて飛散する。

「オー・マイ・ゴッド！」

悲鳴があがり、逃げまどう足音がいり乱れた。この寒さのなか、裸足の足音もある。酔っぱらいが転倒する。子どもがころがる。ジンの瓶が落ちて割れる。ガラスの欠片が、子どもの裸足に突き刺さって、泣き声がおこる。

ナイチンゲール女史が、せっかくきずきあげた秩序は一挙に吹き飛んで、一帯は悲鳴の巷《ちまた》になった。

「逃げろ！」

子どもや病人を見すてて、大の男たちがまっさきに逃げ出す。なかには、逃げるついでに、ビスケットや缶詰をかかえこんでいくやつもいる。私は赫《かっ》として、そいつの肩をつかんだが、ナイチンゲール女史に制止された。

「ビスケットなど補充できます。それより病人を運んでください」

「わかりました」

直後に、色をうしなった警官たちが、押されるように後退してきた。

「化物だ。あんなやつ、見たことも聞いたこともない」

「軍隊を出動させてくれ！　おれたちの手には負えんよ」

タフなはずの警官隊の間からも、冷汗まみれの声があがりはじめた。

「あわてるな！」

リチャード・メイン警視総監が、腹にひびく声を発した。

「もうすぐ狙撃隊が来る。エンフィールド銃を持っている。そう、象でも倒せるやつだ。ここで何とか踏みとどまれ！」

シルクハットに燕尾服。汚れてはいたが、さすがに総監の威厳があった。

私はナイチンゲール女史のてつだいをつづけながら考えた。

早いところ日常の仕事にもどりたいものだ。作家との交渉、印刷所との折衝、新人作家の発掘、客とのやりとり、ポスターのデザイン、本の梱包……他人から見たら、つまらない退屈な作業に見えるだろうが、怪物との戦いや悪党との対決など、本のなかだけで充分である。ましてや私は、現実に戦場を経験している。充分どころか、釣銭《おつり》をもらいたいくらいだ。

それはともかく、メープルやジェームズにときおり指示を出しながら、子どもたちにビスケットをくばり、老人の身体を毛布にくるみ、安全と思われる場所に運び、あたらしい毛布や食糧を荷馬車からおろす。スクタリの野戦病院を想い出したが、いやな気分にはならなかった。

と、重い車輪の音をひびかせて、一台の大型馬車が走ってきた。

「やっと来たか」

メイン警視総監が息を吐き出した。

大型馬車からつぎつぎと飛びおりたのは、小銃を持った七、八人の制服警官だ。銃は、おそらく陸軍から払いさげられたエンフィールド銃である。私自身、クリミアの戦場で、この銃を使わされた。射撃するだけでなく、銃剣を装着し、セバストポール要塞めがけて突撃したこともある。

怪物のことは警察にまかせて、私は、ひとりの老人を肩にかついだ。すると性格の悪いニワトリヘビは私めがけて突進してくるではないか。私は舌打ちし、自分の拳銃を内ポケットから取り出した。

ウィッチャー警部が目をみはった。

「君は拳銃を持っていたのか」

「好きで持っているわけじゃありません」

私の声は苦くなった。一介の貸本屋の社員が、警官も持っていない銃を持っているには、相応の理由があるのだが、説明するのはわずらわしかった。

メープルは心配そうに、ジェームズは興味津々のようすで、私が拳銃をかまえるのを見守っている。

私は狙いさだめて、ベルギー製の拳銃を撃ち放った。銃声のとどろきと、硝煙の匂い。一瞬、クリミアの戦場を想いおこして、心のかたすみに刺し傷を感じたが、結果は我ながら上出来だった。怪蛇の右目に命中した銃弾は、眼球を破裂させ、緑色の泡が噴きあがる。

「効いたぞ!」

歓声があがった。

「撃て、撃ちまくれ、急所をねらえ!」

急所といっても、どこか判然としないが、エンフィールド小銃を集中射撃すれば、象でさえ倒れる。どれほどグロテスクで大きくとも、無傷でいられるはずはなかった。

「トゥイートゥイートゥイー!」

叫喚とともに血がはねあがる。緑色の血——いや、血ではないのかもしれない。

「血をあびるな。適正な距離をおけ。ねらえ、撃て!」

メイン総監の命令で、ふたたび、人工の雷火が怪物めがけて集中する。

「ト……ウィートウ……イー……!」

怪蛇はニワトリの叫びを放った。羽があったら羽ばたきしたかっただろう、と思う。だがニワトリの頭の下につづいているのは、ヘビの胴体で、ただぶざまにくねらせるしかなかった。

奇妙なことだが、私はこのグロテスクな怪物が、すこし哀れになった。なりたくて、こんな異形になったわけではあるまい。

だが、なってしまったからには、人間社会には危険で、排除の必要がある。死んだら歎《なげ》いてやってもいいが、生きている間はそうはいかなかった。

Ⅳ

エンフィールド銃がいっせいに火を噴く。銃声がアーチに反響し、冬の雷鳴さながらにとどろいた。グロテスクな蛇体に、銃弾がはじけ、ウロコが飛散する。

絶叫は三つ四つでは終わらなかった。

耳が痛くなるほどの奇声が、強く弱く、長く短くつづいて、嘔吐感をもよおすほどである。

「よし、効いとるぞ！　もうすこしだ！」

ディケンズの声は軍司令官みたいだ。

怪物は何とかテラス地下道のアーチにしがみつこうとしたが、手足のない身体では、汚水や汚物でぬるぬるしたアーチにしがみつけるわけがなかった。

「落ちた！」

だれかが叫ぶと同時に、怪物は無念の叫び声をあげ、テムズ河の水面に落下した。汚水のしぶきが大きくあがり、頭部が水面下にもぐる。

「やったか⁉」

「やったさ」

「五、六発はくらわせてやったからな」

テムズ河の水面は、波立ち、渦まいている。不衛生なしぶきをあびないため、人間たちは数歩、後退した。

「やつは弱っている。何といったって、下水とテムズ河の汚水を、腹いっぱい呑みこんだからな」

あまり自慢にならないことを、総監は淡々と口にし、台詞をつけ加えた。

「頭を水から出したら、いっせいに撃て」

エンフィールド銃に、あらたな銃弾を装填する音がして、警官たちはアーチ内にひしめくように銃をかまえなおした。

しばらくは緊張をはらんだ静寂。

突如として、それが破れた。「がばっ」とでもいう音がして、怪物が水面から躍り出る。胴体からは緑色の液体を噴き出し、片目には憤怒の炎を燃やし、大きくクチバシを開いて歯と舌をむき出して。

「撃て！」

号令一下、またしても数発の銃弾が撃ちこまれ、怪物はふたたび水面に落下した。

「おお」

「やった、やった！」

歓声があがる。

「ざまあ見ろ。大英帝国の強さを思い知ったか」

「そのままフランスの海岸にまで流れていっちまえ！」

フランス人が聞けば、さぞ怒るだろう。

一同はすっかり勝ったつもりで、テムズ河の畔《ほとり》に押し寄せた。ウィッチャー警部が、うかつに近づかないよう呼びかけたが、耳を貸す者はいない。

突然。

テムズ河の水が勢いよく噴きあがり、飛散した。たちまち人間たちは動転して跳びさがる。緑色の泡が巨大な柱となって、テムズ河の汚濁した水面にそそりたつ。

緑色の泡は、しばらくテムズ河の水面で激しく噴きあがっていたが、しだいにおさまっていった。柱が低くなるにつれ、泡は広がり、何とも表現しようのない色をしたテムズの河水に溶けこんでいき、薄れ、ついにその一部と化してしまった。

これで、「鳥頭蛇身の怪物」が存在していたという証拠は消え去ってしまったわけだ。証人はいくらでもいるが、物証はない。怪物に呑みこまれた人々も帰ってはこない。

「終わったのか？」

「やっつけたのか？」

「勝ったのか？」

しばらく人々は用心をおこたることができなかった。だが、だれかが、

「今度こそやっつけたぞ！」

と叫ぶと、ほぼ全員が、「わあッ」と歓喜の叫びをあげた。いずれ見世物小屋の主人あたりが、死体を捜してテムズ河にボートを出すかもしれないが、残念ながら何も見つからないだろう。

私は安堵《ホッと》して、ナイチンゲール女史のてつだいにもどろうとした。馬蹄を鳴らして、血相を変えた騎馬警官が、ウィッチャー警部のもとに駆けつけてきたのは、そのときだ。

「リージェント・ストリートのプロムフィールド宝石店が、赤い帽子をかぶった一団におそ

われました！　死者が出ております」

「やっぱり！」

私は思わず大声をあげた。アデルフィ・テラスでの大騒ぎは、あくまでも陽動で、本命はべつにあったのだ。

いかにも「金銭など関係ない」という言動をとりながら、しょせん宝石、金銭めあてか。私は死神《デス》ことコンプトンバーグ医師を軽蔑した。

「何か、だいじな用がありそうですね」

「あ、ナイチンゲール女史、じつは……」

「聴いていれば長くなります。早くおいきなさい。てつだってくれて、ありがとう」

ちらりと微笑を浮かべて、ナイチンゲール女史は背を向けた。私は彼女の後ろ姿に一礼した。ディケンズが歩み寄ってくる。

「水晶宮《クリスタル・パレス》にもどるか」

「水晶宮の穴は、セメントでふさいでしまったじゃありませんか」

「そうだったな」

苦笑して、ディケンズは頭をかいた。

「それではどうする？」

「とりあえず現場にいってみましょう」

「宝石店だな。ここはもう終わったからな」

「では、いってきます」

「こら、吾輩を置いていく気か⁉」

「早く早く」

いらだたしげに叫んだのは、ジェームズ少年だった。彼はすでに駆者台にすわって、片手にムチを手にしていた。マクシェーン刑事が駆者台の隣にはいあがる。ディケンズ、ウィッチャー警部、メープル、それに私が客席に飛びこんだ。扉が完全に閉まらないうちに、ムチの音が冬空にひびいて、馬車は走り出していた。

アデルフィ・テラスからリージェント・ストリートへ、降りしきる雪のなかを疾走する。ある意味、それは、大英帝国の社会における、最下層から最上層への疾走だった。

他の馬車とぶつかりそうになったり、犬を轢《ひ》きそうになったりしながら、しばらく後、プロムフィールド宝石店に到着する。

床に散乱している、何千ポンドも何万ポンドもするダイヤモンドやルビーやサファイアを踏みつけるのは、気がひけたが、しかたない。ジェームズ少年だけが、平然として、エメラルドやトパーズの上を歩いている。

店内を荒れくるう赤帽子《レッド・キャップ》の群れは、七、八人だった。足もとには、不幸な店員たちの遺体がころがっている。頸動脈を嚙みちぎられ、なお血を流している遺体もあった。

いちいち書いていられない。私たちが赤帽子たちを一掃するのには、十五分ほどを要した。

「死神《デス》は？　コンプトンバーグは？　ここにはいないな」

ディケンズが告げた。

「ああいう輩《やから》は、自信満々にかまえているように見えて、じつは他人に対する劣等感をかかえておるものだ」

「あの仮面は、劣等感をかくすためのものでしょうか」

死神ことコンプトンバーグ医師は、よほどの醜男《ぶおとこ》なのだろうか。失礼なことを、つい私は考えた。

「とにかく、出入口を見つけよう」

ウィッチャー警部がいい、のこりの五人はそれにしたがって、カーテンの蔭やショーケースの下をのぞいてまわった。

「地上には見あたらんようです」

マクシェーン刑事が報告する。では当然、地下室ということになる。もともとそれがオーソドックスというものだ。

地下室は宝石の保管庫になっていた。いくつもの木箱がつみかさねられ、インド、ビルマ、トランスヴァール、セイロンなど宝石の産地名がむぞうさにラベルに記されている。

目的地は、セイロンの箱の下にあった。

「ここだ、ここが出入口だ」

感慨にふけっている時間はない。私たちはすぐ行動にうつった。

勇敢にも、あるいは無謀にも、他人にさきがけて穴に飛びこんだのは、ジェームズ少年だった。いや、「飛びこんだ」というのは、あくまで比喩だが、底知れぬ暗い穴のなかに、梯子を使って、怯みもせず真っ先に降りていったのは、たいしたものだった。

二番めに私、三番めにディケンズ、四番めにウィッチャー警部、五番めにメープル、最後にマクシェーン刑事。未成年でしかも女性のメープルが同行することに、もはやだれも異をとなえなかった。ジェームズもディケンズもそうだが、一行のうち半分は、「とめてもムダ」な人種だったのである。

ジェームズとメープルがランプを持ち、せまい通路を可能なかぎり早足で進む。この通路には壁画がなく、殺風景な石材と、むき出しの土がつづくだけだった。

そして私たちは死神《デス》と再会した。

V

「ほう、これはこれは」

死神と自称するコンプトンバーグ医師は、買ったのか盗んだのか、黒檀のりっぱな椅子に腰かけていた。

「君たちが無事にここまでやってきた、ということは、アデルフィ・テラスの件も、リージェント・ストリートの件も、いちおうかたづけたというわけだな。ま、私がいささか手抜きをしたとはいえ、なかなかがんばったものだ」

ホール状になった、かなり広い空間で、壁の各所にランプが灯火をゆらめかせている。

「手抜きをした」という死神の台詞は、どこまで本気かわからない。しかし、六対一という人数差がありながら、死神が怯えていないことは、たしかだった。

「きさまのご自慢のニワトリ頭は、すでに殺されたぞ」

「自慢だと?」

死神《デス》は、せせら笑った。

「あんなできそこないで、私が自慢すると思うか? ほんの初歩の手なぐさみだ。本気になった私と、対決する意志はあるかね?」

ひざの上にのせていたステッキを、死神は右肩にかついでみせた。

「逃げ出しても、恥にはならんよ。考えなおしたらどうだ? これは善意の忠告だぞ」

「忠告より、真実を聴きたいね。君がやってきたことすべての」

ウィッチャー警部が、良識的な発言をした。死神の仮面が、まともに彼に向けられる。

「真実を知って、得になるとも思えんがね。まあ一部だけは教えてやってもいい」

死神はステッキをかついだまま、脚を組んだ。

「私は赤帽子《レッド・キャップ》を二名ひと組で群衆のなかにまぎれこませた。そして、たがいに殺しあわせたのだ。何のために? 優秀な者をのこし、劣った者を淘汰するために決まっているではないか」

これに応えたのは、何とジェームズだった。

「おまえは、赤帽子たちの忠誠心をもてあそんだんだ。親が命令すれば、彼らがどんな命令にもしたがうかどうか。ただそれだけを知るために。そんなことをするやつは、一生、信頼できる部下なんて持てやしないさ」

死神はステッキをかるく動かした。

「これはこれは、年長者に対して非礼なお子さまだな。呼びかけには、『サー』をつけてほしいものだ。だが、お子さまにしては、けっこう頭も口もまわるようだ。いっそ私の忠実な部下になるか」

「おことわりだね。ぼくは他人の下にはつかない。けっして」

「ロンドンが、大英帝国が、そして全世界が、私の前にひざまずいて命乞いをする。ここ一、二年のうちにそうなる。私にしたがったほうが身のためだぞ」

「典型的な誇大妄想だな」

ジェームズが、あざ笑った。

「他人をひざまずかせるために、悪事をはたらくってか。下の下だよ。悪事ってのは、だれにも知られないようやるものさ。何があったか、だれも知らないうちにやり終えてしまう。それがスマートな悪事というものだろ」

ディケンズとメープルと私は、いささか茫然として少年の能弁を聴いていた。

「爺さん、六十すぎて、いい年齢《とし》して、いつまで子どもっぽい夢を見ているつもりだ。医者だというけど、たいしたことないから、こんなところでモグラの王さまを気どってるんだろ？そろそろ目をさませよな」

死神《デス》の声は大きくはなかったが、憤りのあまり、かえって怒声が出てこないように思われた。

「だまれ」

ひと呼吸すると、死神は、ことさらに声を低めた。

「私は最初に知を得た。それを使って力を得たのだ。得たものは使わなければ、摂理にそむくことになる」

この男は、ろくでもない「知」とやらを手に入れた。さりげなく、そのことを告げて、平然としている。

「超人的な知と力を得て、やっていることは人殺しか。なったものは死体泥棒か。けっこうなことだな」

私がいってやると、すぐ反応があった。

「紳士を侮辱してはいかんね、しがない中産階級《ロウアー・ミドルクラス》の坊や」

「何の階級だろうと、よけいなお世話だ」

「それはちがうな。階級こそ社会秩序の基《もと》だ。富める階級は、貧しい階級の上に立たねばならん。ただし、私の支配する社会においては、すぐれた知力を持つ者こそが富むべきで、能なしの世襲貴族どもには退場してもらうがね。私の超人的な知と力こそが、すべての階級の上に君臨する」

　すると、メープルが一歩前にすすんだ。

「わたし、あなたが自力で超人的な知と力を手にいれたとは思わない」

「ほう！」

　死神は、まともにメープルを見やった。

「あなたは盗んだのよ」

　鋭く明言して、メープルは、死神に指を突きつけた。私は、はっとした。シドナムで馬車に乗りこんだとき、「考えてることがある」といっていたのは、このことか。

「あの地下道に描かれていた壁画。あれを見るとわかるわ。何千年か何万年か前に、地下に棲んでいた種族がいて、科学を発達させていたのよ。時がたつにつれ、彼らは退廃し、退化して、滅亡してしまった。原因はわからないけど。そして、彼らの遺したものを、あなたが盗んだのよ！」

　死神ことヴァネヴァー・ダグラス・コンプトンバーグ医師は、めずらしく能弁を封じて沈黙していた。急所を衝《つ》かれて狼狽しているのだろうか。メープルは一気の攻撃で、息をはずませている。

「どうした、真実をあばかれて声も出ないか」

　私は側面から姪を援護した。と、それをきっかけにしたように死神が反撃した。

「いやいや、こんなに想像力の豊かなお嬢さんは、はじめてだ。生かしておいて、脳を解剖してみたいものだな」

「死んでもおことわりよ。この、シブソープにも劣る犬！」

ここでシブソープ議員の名が出てくるのは、私にとって不思議ではない。だが、死神《デス》にとっては、なぜシブソープなどという無関係な名が出てくるのか、意表を衝《つ》かれて、ふたたび絶句した。これまで無敵にふるまっていたのに、足をすくわれた態《てい》である。わが一族において、シブソープが役に立ったのは、このときがはじめてだった。二度とないだろう。

「シブソープが何をしたか知らんが、そんなやつと、いっしょにしないでもらおうか」

「それじゃ、ミスター死神、君には何ができるんだ？」

「私が二十四フィート以上、跳びあがったのを見ていなかったのかね」

「よく見ていなかった。そこそこよくできた手品だったようだな」

「手品だと？」

死神の声がとがった。矜《ほこ》りを傷つけられたらしい。意外なところに痛点があったようだ。

私はかさにかかった。

「そうだよ、手品だ。靴の底にバネ《スプリング》でもいれてたんだろう？　昔のジャンピング・ジャックの猿真似か？　おまえていどの手品師としちゃ、よくやった、と、ほめてやってるんだよ」

我ながら、感心したくなる毒舌である。ディケンズやジェームズが、妙に見なおすような目で私を見た。たぶん私は成功したのだろう。死神の憎悪と敵意は、メープルから私へと向けられた。

「私にも忍耐の限度がある。これまで好きかってにほざかせておいたが、そろそろ躾《しつけ》をする必要がありそうだな」

その脅迫には凄みがあったが、私には通じなかった。私はかくべつ勇猛でも豪胆でもないが、このときは、死神と自称する敵が、傲慢な悪党で、つけいる隙がいくらでもある、ということがわかっていた。となれば、恐れる必要もない。

「さて、だれから躾をしてあげようか」

声に応じて、私はすばやく進み出た。ジェームズが、機先を制されたような表情をしたのがおかしくて、私は思わず唇の片端を吊りあげた。

「いかん、君――」

ウィッチャー警部があわてて声をあげたときには、私は死神の正面に立ちはだかっていた。可能なかぎりの迅速《はや》さで拳銃を抜くつもりだったが、まだそのタイミングではない。

「躾だったら、私が君のほうにしてやるよ。あやまるならいまのうちだぞ」

「後悔はさせせんよ」

死神は笑った――仮面をつけていても、声でわかる。

「君には、後悔する時間など、あたえるつもりはないからな」

私は一言、紳士的に応じてやった。

「ふん!」

第八章

怪人が怪物に変わること
物語がすんでからのこと

I

一八五七年というのは、私とメープルの人生にとって特異な年だった。半年ほどの間に三回も殺されかければ、だれでもそう思うだろう。よくぞ生きのびることができたものだ。

三回めのこのときが、もっともおぞましかった。優雅さも品位もない、あさましい殺しあいになりそうだった。そんなものはクリミア戦争でたくさんだ。だが私にはメープルを守る責任と義務がある。

「それはいかん！」

叫んだのは、ウィッチャー警部だ。

「民間人を対手《あいて》にするのはよせ。おまえを逮捕するのは警察の役目だ。そのために私たちがいるんだ。さあ、闘うなら私と闘え」

死神《デス》は、決死の形相のウィッチャー警部を見やった。

「感心な公僕《PS》ぶりだな。だが、べつにあわてる必要はない。ひとりだけ躾《しつけ》る、といった憶《おぼ》えはないからな。この青二才は、あくまで最初のひとりだ。あとのやつらは、行儀よく順番を待っていろ」

「あなたは紳士じゃないわね」

手きびしくメープルが決めつけた。死神は仮面の下で笑ったようだ。

「ほう、私は自分を紳士のなかの紳士だと思っているのだがね。お嬢さん、どういう点がお気に召さないのかな」

「何から何までよ」

「それでは解答になっていない」

「じゃあ、ひとつひとついってあげるわ。まず、その尊大な態度よ。紳士はむやみに他人を見下したりせず、礼儀を守るもの。躾をされるのは、あなたのほうだわ。つぎに――」

「メープル、もういい」

「さよう、ミス・コンウェイ、私にもこいつに質問させてくれませんか」

そういったのは、ウィッチャー警部だった。メープルが素直にゆずったので、ウィッチャー警部は、大股に進み出ると、死神にステッキを突きつけて詰問した。

「きさま、いったい何者だ⁉」

「死神だよ。そう名乗っただろうが。本名まで教えてやったのに、いまさら何がいいたいのだ」

「偽名だろう」

「これは心外だね。なぜそう思う?」

「コンプトンバーグ医師なら、今年六十七歳のはずだ。きさまのような動きができるはずがない」

死神《デス》は仮面を震わせて笑った。

「私はメトセラの直系の子孫なんだ。六十七歳なんて、君、幼児もいいところだよ。すぐにわかるとも」

メトセラは旧約聖書に登場する人物で、有名な「ノアの箱舟」のノアの祖父にあたる。とくに何かした人ではないが、九六九年間生きたといわれている。もちろん神話中の人物だ。その子孫だとは、どこまでもふざけた男である。もっとも、私は、ダニューブ河口の城で何百年も生きてきた女性に遇《あ》ったことがあるが、それはまた、べつの話だ。

「さて、では三文芝居《チープ・プレイ》をはじめようかね、ええと……」

「エドモンド・ニーダムだ」

「ミスター・ニーダム、そろそろはじめるとするか。それとも……」

おぞましい、小さな笑い声。

「逃げるかね?」

絶対に対手《あいて》を逃げさせない台詞である。どこまで陰険なやつだ。

「きさまといっしょにするな」

吐きすてると同時に、私はすばやく一歩先に出た。ウィッチャー警部の先を制したのだ。

警部は眉をあげたが、私に先をこされたことをさとって、一歩ひいた。

死神の動きは、むぞうさだった。圧倒的な力量の差を信じ、有利と思いこんでいる素人の動きだ。バラクラーヴァ会戦時のロシア兵とは雲泥の差だった。

「そーら」

緊張感のない声とはうらはらに、撃ちこまれてきたステッキの勢いはすさまじかった。

かろうじて、私はステッキで受けた。打撃音が鳴りひびいて、手がしびれる。だが、すばやく私はステッキを引っぱずし、最小限の動きでステッキをくり出して、対手《あいて》の左手首に打ちこんだ。ウィッチャー警部が目をみはる。

「君のお兄さんは……」

「叔父です」

「失礼、叔父さんは実戦経験があるのかね？　あのステッキさばきはおみごとだ」

昂然とメープルは答えた。

「いわれると叔父はいやがりますけど、バラクラーヴァの六百騎のひとりでした」

「バラクラーヴァ⁉」

声が変わった。いつものことだ。

「バラクラーヴァ？　そうか、それはお見それした」

「叔父には絶対にいわないでくださいね」

「わかった」

右の会話は、私が直接、聞いたものではなく、後になってメープルが語ったものだ。私自身は死神《デス》との闘いに必死で、他人の問答など聞こえるはずもなかった。

「反則、反則」

内心、私はつぶやいていた。二十四フィートも跳躍し、超人的な怪力を持つ対手《あいて》と闘うのだから、そういいたくもなる。最初から拳銃を使うべきだった。

どんないやなやつであっても、強いことはたしかだった。ステッキさばきは素人だが、力はすさまじいし、しかも力のコントロールができない、ときている。そして頑丈なので、こちらの殴打や刺突は効果がない。

死神はステッキを必要以上に大振りし、何度もくりかえして空振りした。ディケンズといい勝負である。空振りのくりかえしは、体力を消耗させるものだが、死神は息切れひとつしない。

「不公平よ！」

たまりかねて、メープルがふたたび叫んだ。

「そんなに腕力の差があるのに、武器がおんなじだなんて！」

「それがどうしたって？」

「卑怯だわ！」

「それでは六人まとめてかかってくるか？　私はいっこうにかまわんぞ」

いいながら、死神《デス》はステッキを振りまわし、力まかせに振りおろした。無防備もいいところの、素人まるだしの攻撃である。

瞬間、私はステッキを下から上へすくいあげ、敵のステッキにからませた。手首を左下から右上へひねると、死神のステッキは持ち主の手を離れ、宙を飛んで、音高く床にころがる。狼狽した死神が思わずステッキの方向を見やったとき、私はステッキをのばし、満身の力をこめて右の肩口にたたきこんだ。勝った、と思ったのは半瞬のことで、強いしびれが私の右手をおそった。対手《あいて》が普通の人間であれば、肩の骨を撃砕《げきさい》していたところだ。だが死神は平然として目くるめく迅速《はや》さで蹴りをくり出してきたのだ。

まともに受けていたら、肋骨はくだけ、内臓は破裂していただろう。私の爪先一インチの床は、音をたてて表面を割った。

私は跳びすさって、おそるべき鋼の足から身を遠ざけた。五、六フィート距離をとって、姿勢を立てなおす。

死神が本来の力を出していれば、私にそんなことは不可能だったはずだ。立ちすくんでいたところを、蹴り殺されていただろう。そうならなかったのは、死神が本気を出さなかったからだ。あくまでも、私をなぶり殺しにするつもりでいたのだろう。

敵の思惑など知ったことではない。ふたたび私は手首をひるがえし、死神の左肩をねらってステッキをたたきこんだ。

だが、今度は、運命は私にえこひいきしなかった。死神はめんどうくさそうな動作で私のステッキをつかむと、軽々ともぎとった。つづいて私の頸《くび》に手をかけ、目のくらむような力

で絞《し》めあげたのだ。

「安心するなよ」

聴きまちがえたか、と、私は思った。普通なら「心配するな」というべきではないのか。だが、敵の真意はすぐわかった。

「安心するな、そう楽には殺してやらんぞ」

鋼の手が私の咽喉《のど》から離れる。私の肺は、最大限の努力と能力で空気をむさぼった。窒息死は不満そうに私から遠ざかった。

「おじさま、しっかり！」

メープルの声に、私はひとつ頭を振って、ポケットをさぐり、拳銃をつかんだ。そしてつぎの瞬間、私はあわてて視線を動かし、そして叫んだ。

「メープル、ばか、あぶない！」

ステッキはメープルの手中にあったのだ。彼女は私より早くステッキをひろいあげると、姿勢を低くしたまま、死神のすねを力いっぱい殴りつけたのである。常人なら苦痛に飛びあがっていただろうが、効果なし。そこへ、ウィッチャー警部がステッキを、マクシェーン刑事が警棒をかざして殴りかかった。警部も拳銃を持っているはずだが、生かしたまま逮捕したかったのだろう。

袋だたきである。

紳士的なふるまいではない。だが、この場合、袋だたきされる側のほうが、する側よりはるかに強かった。

死神《デス》がかるく腕を振っただけで、メープルの身体が宙を舞った。私は目がくらむ思いがしたが、とっさに床に身を投げ出した。メープルの身体は、私の背中に着地して、事なきを得た。

「ご、ごめんなさい、おじさま」

「いや、でももうこんなことはやめてくれよ」

私は立ちあがり、拳銃を抜いた。気がつくと、ディケンズまでステッキを振りまわしている。

「ばかばかしい、決闘ごっこはもうやめだ」

仮面の男はステッキを床に投げすてた。

「気が変わった。私の力の、ほんの一部を君たちに見せてやろう。それを見て、自分たちの去就を決めるがいい。私にしたがうことにするか、あくまでさからうか」

そういうと、仮面の男は、私たちに一瞥もくれず、奥の部屋へと歩き出した。

Ⅱ

「見るがいい、この書物だ」

隣室とちがって、まともな部屋に見えた。デスクの上にのった古書を、死神は開いてみせた。

「何だかずいぶん図版が多いな」

ジェームズが指摘する。死神が笑い声をたてた。

「私がこの本の文字を読めない、とでもいいたいのかね、ませた坊や。私は昔から、先史文明の存在を信じてきた。どうやって水晶宮《クリスタル・パレス》の地下道を見つけたかは、話してもしかたない。とにかく、巨大な知的遺産を私だけが見つけたのだよ」

「それで、先史民族の遺品を盗んだのか」

「盗んだのではない。引きついだのだ」

「ものはいいようだな」

ディケンズが揶揄した。死神はすっかり精神が不安定になっており、尋かれもしないのに、しゃべりまくった。

「あのニワトリヘビ《ラージ・チキン・サーペント》も、赤帽子《レッド・キャップ》どもも、私がつくった。絵文字を解読するのに十五年かかった」

「どういう理論を用いて、あんなものをつくったのだ?」

「いっても、おまえらにわかろうか。むだなことだ」

ジェームズが鼻先で笑った。

「あんたには、本当にわかってるのかい」

「な、何だと」

死神《デス》の声が小舟のように揺れる。

「あんたていどの頭脳で、先史民族とかの科学を充分に理解できたなんて、信じられないなあ。絵だけ見て、我流でやったんじゃないのかい？」

「き、きさま」

「そうだったのね！」

メープルが声を大きくした。

「それなら話がわかるわ。赤帽子《レッド・キャップ》たちも、ニワトリヘビ《ラージ・チキン・サーペント》も、できそこないの失敗作だったのね。それを、あたかも成功した作品のように見せかけた。理由はただひとつ、自分の偉さを見せつけるだけ。いつわりの偉さを」

「だまれ、うるさい、やかましい」

怒号した死神は、それまでの貫禄を千マイルの彼方に飛ばしていた。

「だまらないわ。あなたには才能なんか何もない。他人のものを盗むだけで、それをきちんと活《い》かすこともできない」

「なまいきをぬかすな。私は真に偉大なのだ。他人から盗んだものなど何もない」

「だったら、せめて仮面だけでも、とってみせたらどう？」

「拙劣《へた》な挑発をする小娘だ。なぜ、私が仮面をとらねばならぬ？」

「素顔はさぞまぬけだろうと思うからよ。傷があったりしたら、あやまります。でも、どうもそうは思えないから」

死神は仮面の下で歯ぎしりしたようだった。

「……よかろう。それほど見たければ見せてやる。だが、だれにもしゃべらせんぞ」

顔を見せる以上、生かしては帰さない、というわけだ。だが、どうせ見なくとも、生かして帰す気はないだろう。それなら、せめて怪人の素顔を見ておきたい。

怪人は、後方からの攻撃を回避するためか、壁を背にして立つと、ゆっくりと仮面に手をかけた。

どうせ、もったいぶって時間をかけるだろうから、私はすばやく室内のようすを確認した。一言でいえば、実験室と居間をあわせたものだ。扉は、いまはいってきたものひとつだけ。ランプが各処で灯火をともしている。そして、ばかばかしいほど大きいテーブル。試験管、ビーカー、ガラス瓶、薬品の壺……いかにも科学者らしい用具をそろえた近代的な部屋は、むしろ古代の魔道士の隠れ家に見えた。

そのただなかには、いまや仮面をはずした死神《デス》ことコンプトンバーグ医師がたたずんでいる。二の句がつげないほどの美貌だった。かがやく黄金色の髪、ラベンダー色の瞳、高いまっすぐな鼻、桜色の唇、雪花石膏《アラバスター》の肌。アポロンとかメルクリウスとか、ギリシア神話に登場する神々さながらだ。いや、本物のアポロンを見たことはないけど。

それより私の注意をひいたのは、壁ぎわに置かれた大きなガラスの容器だった。内部には、人間の形らしいものが入れられており、緑色の泡にまみれていた。

「こ、これは人間じゃないか⁉」

緑色の粘液にまみれた小柄な人間は、人間というより、直立するカエルのように見えた。これもひどい表現だが、お赦しねがいたい。

私の言葉に、美青年は薄笑いで応えた。

「そうだよ。人間を研究するための実験体だ。残念ながら、いまは一体しかないが、今後はいくらでも手にはいる。さしあたり、今日これから六体、手にはいるわけだ。自分たちから、のこのこやってきてくれたわけだから、世話はない」

ジェームズがあざ笑った。

「何が、したがうだ。最初から全員みな殺しにするつもりだったんだな。他の人たちは知らず、ぼくはきさまなんかに殺されてやる気はない。やれるものなら、やってみろよ」

「大言壮語はそのていどにしておけ、孺子《こぞう》」

美青年が、あざけり返す。六対一の人数差など気にとめない豪胆さだ――と思ったが、突然、状況が一変した。美しすぎる顔に、苦悶のひらめきが走った。美青年は胸をおさえ、眉をしかめ、唇をかみしめた。顔に似あわぬ濁ったうなり声が洩れる。白皙の顔がみるみる血の気をうしない、もう一方の手を胃のあたりにあてて、苦痛のあまり身をよじり、形のよすぎる口から涎《よだれ》をたらした。

「おい、どうした？」

私たちに、殺人犯の体調を心配する義務はないが、いちおう尋ねてみる。

「い……いかん、早く来た」

「早く来た？　何が？」

美青年は口を開閉させたが、声は出てこなかった。暴風みたいな呼吸音がしばらく、くりかえされたかと思うと、「ガッ」と咽喉《のど》が鳴って、口から何かのかたまりが吐き出され、床の上でべちゃりと湿った音をたてる。それは緑色のオートミールに似ていた。

「おい、どうした、だいじょうぶか⁉」

立場を忘れて、私たちは美青年のまわりをかこんだ。ただひとり、ジェームズだけが例外だった。ひややかな目つきで一同を観察している。

いきなり、ずるりと美青年の顔がずれた。仮面がずれて素顔があらわれるように。

「何だ、これは⁉」

私は唖然とした。服が波立って、その下でも、皮膚に何ごとか生じているのがわかった。むき出しの手もちぢんでいく。見守るうちに、顔が完全にずり落ちると、死神《デス》は服をそのまま、ちぢんだ体ではい出してきた。

死神は脱皮したのだ。もはや人間とは思えなかった。いや、もちろん人間の形をしてはいたが、何という変貌ぶりだろう。ギリシア神話に登場する神々のような美青年は、どこかへいってしまい、あとには緑色の泡にまみれた、小柄な老人がすわりこんでいるだけだった。

それも元気な老人ではない。六十七歳どころか、九十歳か百歳にしか見えない老衰ぶりで、うつろな目、土色の肌、一本の歯もない口、骨と皺だけの手足など、すこしつつけば倒れてしまうほどの弱々しさである。

「こいつ、とんでもない詐欺師ですぜ」

マクシェーン刑事がうなった。

「いい年齢《とし》して若い者に化けてやがったんだ」

「だまれ、だまれというに」

矮小な老人は、錯乱したようにステッキを振りまわした。だが、借り物、いや、盗んだ力は、ぬぎすてた皮といっしょに、彼から去っていた。

「薬をまちがえた。まちがえた。本当の薬はどこだ、どこに隠した⁉」

「隠せるわけがないだろ」

ジェームズが一片の同情もしめさずに言い放つ。

「どんな薬か知らないんだから、隠しようもないし、ああ、その薬としか、爺さんもわからないんだな」

老人は呼吸をととのえ、一同をにらみまわした。ウィッチャー警部が呼びかける。

「コンプトンバーグ！」

返答は意外なものだった。

Ⅲ

「コンプトンバーグとは、だれのことだ？」

「だれだと？　おまえのことに決まっているだろうが」

怒りと不審をこめてディケンズが死神を指さすと、つい先刻まで美青年だった老人は、しい、れっとして応えた。

「ああ、三十年前に、わしが殺したヤブ医者のことか」

私たちは、そろってのけぞった。この不気味な老人の言葉が真実であれば、彼はコンプトンバーグでさえなかったのだ。

「では、おまえはいったい何者だ」

「くどい質問だな。答えるのは、めんどうくさい。すこしだまって見ているがよい」

いわれて見ていると、死神《デス》はまたも変貌をはじめた。これで何度めだ？

老人の全身から、緑色の泡が噴き出しはじめ、体の輪郭がゆらぎはじめる。手足がいっそうちぢんで、胴体に吸いこまれていく。

「芸の多いやつだな」

ディケンズがつぶやいた。

男は、緑色の泡のかたまりになりつつある。死神を僭称し、コンプトンバーグを詐称していたニワトリヘビ《ラージ・チキン・サーペント》の最期とおなじだった。

ただ異なるのは、そのまま消えてしまうのではないことだった。いやらしい泡は、いっこうに弾けて消えようとはしなかった。しだいに形を変え、伸縮をくりかえす。

「このやろう」

マクシェーン刑事がステッキを振りかざすと、ウィッチャー警部が制止する。一同の目が緑色の泡に集中すると、ジェームズが急に歩き出した。

「そんなもの見ていたって、しかたありませんよ。先にやっておいたほうがいい」

「何を?」

と、メープルが問う。

「こういうことをですよ」

ジェームズは、いきなり私の手からステッキをもぎとった。身軽に大テーブルの上に飛びのると、ステッキをふるう。試験管やビーカーが、音高く割れくだけた。

「全部たたきこわしましょう」

「全部か」と私。

「ええ」

「何か科学的に有益なものがあるかもしれんぞ」

「ありませんよ」

いつもの皮肉な口調で、ジェームズが断言した。

「壁画に、いろいろもっともらしい絵図が描いてあったけど、なれの果てがあの怪物ですよ。みんな消してしまったほうが、人類のためでしょう」

「賛成だ」

いったのはディケンズで、喜々《きき》としてステッキを振りまわす。ガラスの割れる音が連鎖した。一方、私たちの前では、緑色の泡が飛び散って、下から、これまでもっともおぞましい物体が姿をあらわしていた。ウィッチャー警部がうめいた。

「それが究極の姿か。さぞ満足だろうな」

緑色のワーム。顔はなく、丸い穴がぽっかりと開いているだけだ。暗い口のなかに、太い針のような歯列と、ソーセージのような形の舌が見えた。

全長二十フィートになんなんとする巨体が、じわじわ肉薄してくると、人間たちのほうには、皮肉をいう余裕もなくなった。たがいに顔を見あわせる。

「逃げろ！」

ウィッチャー警部が叫び、私たちは部屋の出口へ殺到した。このとき、男たちが紳士らしく行動したことは、いっておいてよいだろう。まっさきにメープル、つぎに最年少のジェームズ、つぎにディケンズ、私、ウィッチャー警部、最後にマクシェーン刑事という順番だった。

私たちは必死で地下道を走った。こういうとき、三文小説《チープ・ノベル》では、かならず女性がつまずいて転倒することになっているが、私の姪は、そんなヘマはしない。片手にランプをかかげて、全速力で走りつづける。ジェームズも安定と軽快をかねた、たしかな走りっぷりだった。

問題はディケンズである。走る意思は充分にあるが、なにしろ四十代も半ばで、足が頭に追いつかない。その後ろを走る私は、何度も文豪の背中にぶつかりそうになった。

ついに、ディケンズが、だれにもうたがいようのない台詞を吐いた。

「い、息が、切れ、て、もう、どうに、も、ならん」

「しょうがないな」

つまらなそうな口調でいって、ジェームズが背中を向ける。

「ほら、ぼくにおぶさって」

「いや、いかんいかん」

ウィッチャー警部が首を横に振った。

「子どもにそんなことはさせられん。マクシェーン、たのむ」

マクシェーン刑事が、たくましい背中を差し出した。

こうして、ジェームズ・モリアーティは、ディケンズとルイス・キャロルの二大文豪をおんぶした、おそらく世界でただひとりの人物になりそこねたわけである。

ディケンズをマクシェーン刑事にゆだねたジェームズは、ランプを高くあげて天井を照らした。

「何をしてるんだ?」

「ミスター・ニーダム、通路はずっと一本道だったでしょう？　だのに出入口は何カ所もあった」

「そうか！　わかった」

私たちは天井を照らし、左右の壁をたたいてみた。後方からずるずると何かがはいずる音がしてきたとき。

「ここだ、この上に出口がある」

ウィッチャー警部が叫んだ。

無言のうちに連携が成立した。私は壁に両手を突き、ジェームズは私の肩の上にのって、天井の一部を押しあげる。

「重いな」

「上に何かのってるんだ」

「どうします？」

「押しあげろ！　力いっぱい押すんだ」

単純きわまりないが、他にどんな方法があったろう。ず、ず、ず、という音は一秒ごとに近づいてくる。ジェームズは歯をくいしばり、満身の力を両腕にこめて押しあげた。いきなり彼の体が揺れて、バタンという音とともに明るい光が差しこんできた。

「きゃあああああああ！」

私たちの頭上をふさいでいたのは、景気よいほどに肥《ふと》った――いや失礼、たいそう栄養のよい、ふくよかなレディであられた。シェルーズベリ子爵夫人だということは、後で知った。その当時は、「どけよ、おばさん！」と、どなってやりたいところだった。紳士らしからぬことで、恐縮の至りである。

六人の汚れた男女が、つぎつぎと女性用応接室《バーラー》の床からあらわれるのを、子爵夫人は茫然としてながめた。

「あ、あなたたちは何者です？」

「警察の者です」

「警察ですって⁉」

子爵夫人は眉をさかだてた。

「そんな身分の者が、あたくしの館にはいりこむとは！　何たる不祥事でしょう。警察の責任者をお呼び！」

「警視総監をでしょうか」

「そんな下っぱでなく、内務大臣を呼びなさい！」

一日三回、ペミカンを食べているのではないか、と思いたくなる貴婦人は、怒りの炎を両眼にたぎらせた。ちなみに、ペミカンを知らない人もいるだろうから説明しておくと、これは北アメリカの先住民の発明した食品で、乾肉をすりつぶしてドライフルーツ、ナッツ、バターなどをまぜ、ねりかためたものである。とにかく栄養満点で、持ち歩きやすく、しかも日保《ひも》ちするので、ヨーロッパ人も探検や登山や戦争へいくとき、かならず持っていくようになった。アデルフィで貧しい人々に配給されたのも、そのためである。

話がそれてしまった。

貴婦人は本を読まないらしく、ディケンズに対して名前を問いただそうとした。しかし一瞬後、最大限に目を見開いた。

「キャアアアアアアアアアアアア！」

盛大に悲鳴をとどろかせて、貴婦人は白目をむき、ピサの斜塔が倒れるような勢いで床にころがった。

ヴィクトリア朝において、失神は貴婦人のたしなみなのである。

Ⅳ

私たち六人は悲鳴をあげなかった。じつのところ疲れはてて、悲鳴をあげる元気もなかったのである。

かつて人間の形をしていた緑色のワームは、醜悪な口を伸縮させながら、穴からはいあがってきつつあった。ウィッチャー警部もマクシェーン刑事も、そして私も、荒い呼吸をくりかえすだけ。不敵きわまりないジェームズも、荒い呼吸をしながら、壁のトルコ式タペストリーに寄りかかっているだけだ。

メープルも、私に寄りそって桜色の唇をかみしめているだけだし、私自身はポケットに手を突っこんで武器をさぐったが、マッチ箱が指先に触れただけだった。どこかで拳銃を落としたのだ！

マッチ。

私の脳裏に電光が走った。私はポケットからマッチを取り出すと、すばやく火をつけた。私は他の物とこすりつけて火をつける「摩擦マッチ」が発明されたのは一八二七年のことだ。私は室内を見まわして、豪華な大理石の暖炉の上に、これまた高価そうなランプ。いかにも「おフランス製ざます」という感じ。

私はランプに火をつけて振りかざすと、大きく開いたワームの口のなかへ放りこんだのである。

ワームはランプを炎ごとのみこんだ。

一瞬後、ワームの咆哮が、円形の口から吐き出された。怪物は身をよじらせ、その巨体でソファーやテーブルをたたきつぶした。

ランプの灯火で、ワームは体内から焼かれていた。不気味な蠕動《ぜんどう》をくりかえしながら、ランプを吐き出そうとするが、うまくいかない。うまくいってもらったら、死ぬのは私たちのほうだ。

「燃やせ、燃やせ」

元気を回復したディケンズが叫ぶ。手段を選ぶ余地なし。ウィッチャー警部とマクシェーン刑事は、私からマッチを受けとると、室内のテーブルクロスやら本やらに火をつけ、大きく開いたワームの口に、つぎつぎと投げこんだ。

ワームの巨体の各処から、煙が洩れはじめる。身体が内側から燃えはじめたのだ。そのままにしておいてもよかったのだが、長びけばめんどうだし、万が一、体内で鎮火などしては、さらにめんどうなことになる。

そこで、私とウィッチャー警部とマクシェーン刑事の三人は、手に手にステッキをつかんで、ワームの体を乱打した。開いた口のなかには、割れたガラス片を投げこんだ。ディケンズとメープルは両手をにぎりしめ、ジェームズは「やれやれ」といいたげな表情でその光景をながめていた。

ワームはしだいしだいに弱っていく。本当は、油をかけて火をつけてやりたいところだったが、そんなことをしたら屋敷が炎上してしまう。結果として、なぶり殺しということになった。いま考えてみると、むごい話ではあるが、他に方法がなかったのだ。

ついにワームは動かなくなった。永遠に。

私たちはウィッチャー警部にひきいられるような形で警視庁をおとずれた。やがてあらわれたのは、メイン警視総監である。

「あなたがたには、いろいろとお世話になりました。感謝します」

ディケンズ、ジェームズ、メープル、私の四人に対して、メイン総監は一礼し、低い、力のこもった声で言いわたした。

「ただ、申しわけないが、この一件に関しては、けっして口外しないでいただきたい。もちろんウィッチャー警部もマクシェーン刑事もそうします。ぜひお願いします」

「ええ、だれにもしゃべりませんよ。しゃべりたくもない」

「吾輩もだ。吾輩はつくり話を書く身だ。事実は書かん」

「けっこうです。信頼しております」

メイン総監は、メープルとジェームズも見やったが、声はかけなかった。その必要を認めなかったのだろう。ただ、ジェームズを見たとき、すこしその時間が長かったような気がしたが、たぶん気のせいだろう。

私たち四人は何となく、おしだまって警視庁を出た。外に出て、最初に声を出したのは、ジェームズ・モリアーティだった。

「それでは、ぼくはこれで失礼します」

「どこへいくんだ？」

ジェームズは、あきれたように私を見やった。

「もちろん、家に帰るんですよ」

「あ、ああ、そうか、そうだよな」

考えてみると、ジェームズはまだ十三歳なのだ。しかし、今回の事件に関係した者のなかでは、一番おちついて冷徹だった、と思う。家はどこだろう、と思ったが、問うても答えてはくれなかっただろう。

「ありがとう、身体に気をつけてね」

メープルがやさしく告げる。

「ええ、そうします」

信じられないほど素直に、ジェームズはメープルを見て応《こた》え、ついでに私も見やり、帽子のつばに手をかけると、背を向けた。そして大股で私たちの前から去っていった。

私とメープルはその後ろ姿を見送ったが、同時にあることを思い出した。

「ああ、そうだ」

「ミューザー社長に報告しなきゃならないわ、おじさま」

「そうしなければ仕事がすまないな。会社へいこう」

「吾輩もいくぞ、つれていってくれ」

それはディケンズの台詞だった。否やはない。三人は辻馬車《ハンサム・キャブ》をひろって、「ミューザー良書倶楽部《セレクト・ライブラリー》」へと走った。

会社に着くと、ころがるように迎えに出てきた人物がいて、それは気の毒なパーカー氏であった。ディケンズは左右を私とメープルにはさませて、まっしぐらに「屋根裏の物置」へと駆け上る。私としては、実にうしろめたかったが、優先順位の上からはしかたなかった。

「タヌキ親父《カンニング・オールドマン》」は大喜びで私たちを迎えて話を聴いた。興奮してうなずいたかと思えば、こまかい部分をしつこく問い質し、一時間以上たって、満足の溜息をついた。

「いいですか、社長、絶対に口外してはいけませんよ」

「何度もいわれんでも、わかっとるよ。私の口がかたいことは、ロンドン市民ならだれでも知っとる」

どうやら私やメープルは、ロンドン市民ではないらしい。

しかし、この件に関しては、ミューザー社長はきちんと約束を守った。ディケンズは当の関係者だから彼にしゃべってもしかたないし、テニスンに対したときは口がむずむずしたようだが、とにかく沈黙した。

しばらくの間、私は身辺に監視の目を感じていた。わずらわしかったが、いちいち気にしてはいられない。ワームは切りきざまれて焼きすてられ、地下の通路はすべて封鎖されたであろう。それらの処置がすんだ後、監視の目も消えた。

「死神《デス》事件」は終わった。そしてほどなく忘れ去られることになる。

水晶宮《クリスタル・パレス》、リージェント・ストリート、アデルフィ・テラスを混乱と恐怖におとしいれ、ナイチンゲール女史やメイン警視総監までかかわった殺人事件が、ほどなく風化し、ロンドン都市伝説の一部になりはてたのはなぜか。

物証がなかったからだ。

死神《デス》ことコンプトンバーグ医師とその一党は、緑色の泡となって消え去った。アデルフイ・テラスで怪物に食われた犠牲者たちは、新聞にとっても政治家にとっても、最初から存在しないも同様だった。死神が地上に出現した場所は、すべてセメントでかためられた。水晶宮《クリスタル・パレス》の破損は、夫君殿下《プリンス・コンソート》アルバート大公にとってきわめて残念なできごとであると同時に、諸外国に対しては恥辱である。イギリス政府は全力をあげて事件を隠蔽《いんぺい》したのだった。

V

かくして、事件は忘却の深い淵に投げこまれ、さりげなく蓋がのせられた。その上に、あたらしい事件が積みかさなり、とくに一八八八年の「切り裂きジャック事件」以後は、それ以前の兇悪事件の大半が忘れ去られてしまったほどである。今後、さらに怪異な事件がおこれば、「切り裂きジャック」も忘れられてしまうのかもしれない。皮肉なことに、平和がつづけば、「切り裂きジャック」の名は永遠というわけだ。

やりきれないのは、一八五七年から一八八八年に至るまで三十年以上、アデルフィ・テラスからイーストエンドにかけてのスラム街が、ほとんど変化がなかった、という事実だ。ビッグ・ベンも建ち、地下鉄も通り、さまざまな形でロンドンが変化していったというのに、貧困だけは変わらない。

政治家についていえば、その後、グラッドストーンは四回、好敵手のディズレーリは二回、大英帝国の宰相をつとめた。功績によってディズレーリは、ビーコンズフィールド伯爵に叙されて貴族となった。グラッドストーンも伯爵号を呈示されたが、固辞して、死ぬまで庶民でありつづけた。私はグラッドストーンのそんなところを敬愛するが、ディズレーリには悪意を抱いてはいない。このふたりを宰相としていただいたことは、イギリス人の誇りだ。

私とメープルは、「ミューザー良書倶楽部《セレクト・ライブラリー》」を出て家路をたどった。午後三時すぎ、すでに夕闇が地上へ舞いおりつつある。

いつもの習慣で、私たちはハイド・パークに立ち寄った。各処でガス灯に灯がともり、幻想的な雰囲気をかもし出している。私たちは、いつものベンチに腰をおろした。

「寒くないかい?」

「だいじょうぶよ、着こんでるから」

「月が変わったらクリスマスだな」

「ディケンズ先生は、今年は何をお書きになるのかしらね」

ディケンズの代表作のひとつに『クリスマス・キャロル』がある。爆発的な人気を得たが、それ以後クリスマスごとに、それに関係した作品を発表するようになっていた。

「クリスマスになったときの楽しみさ。ところで、今日は、あのなまいきなリスは来ないみたいだが」

「そろそろ冬眠にはいったんでしょ。それに名前はマイケルよ」

「マイケル・ラッドのやつ、いまごろどこで何をしているのかな」

クリミア戦争で生死をともにした戦友マイケル・ラッドとは、二カ月ほど前に再会したが、すぐに別れてしまった。ある事情で、私に引け目を感じているらしい。私のほうはたいして気にしていないのだが。

「それにしても、今年はえらい年だった。来年は平穏な年であってほしいね」

「今年もまだあとひと月あるわよ」

「おいおい、不吉な予言はやめてくれよ」

さいわい、メープルの予言は外れて、その年は平穏にすぎ、私たちはささやかなパーティの季節を楽しむことができた。使用人にプレゼントする慣習《ならわし》のボクシング・デーにも、マーサに十五シリング渡せたし、クリスマスには隣家のアンにも、匿《かく》すのに苦労するほど大きいフルーツケーキを贈ることができた。そして、あいかわらず、ふたり暮らしの新年を迎えた。

結局、私もメープルも結婚はしなかった。

ふたりとも、機会がなかったわけではないが、なぜか実ることなく年齢をかさねていった。気心はたがいに知れているし、不平不満もない。マーサやアンもまじえて、平穏な生活がつづいた。

その間に、いろいろなことがあったが、『不思議の国のアリス』の刊行は、大きな事件だった。私とメープルは夢中になって読みふけり、ルイス・キャロルの天才ぶりに感歎した。同時に、失礼な想い出し笑いを禁じえなかった。腰をぬかしてジェームズにせおわれた姿を、どうしても想い出してしまうからである。

ジェームズ・モリアーティのその後は、謎に満ちている。

二十一歳のとき、『小惑星の力学』という大著をあらわして、学界で絶賛され、天才の名をほしいままにした。彼の名を新聞で発見したときは、私もメープルも感歎したが、おどろきはしなかった。そのていどのことはやってのける頭脳の所有者だ、ということは、八年も前からわかっていたのだ。いずれオクスフォードかケンブリッジで史上最年少の大学総長になり、王立学士院の院長になり、サーの称号を受けるだろう、と思われた。

ところが、そうはならなかったのだ。

いっこうにジェームズの名が世にあらわれなくなって、ときおり不思議に思っていた私たちだったが、一八九一年、ひさしぶりに彼の名を新聞で見つけた。私たちは唖然とした。陸軍士官学校の候補生たちに数学を教えていた「モリアーティ教授」は、スイスに旅行した際、ライヘンバッハの滝に落ちて行方不明になった、というのだ。事実上、水死したのである。

六十五歳になっていた私は、ジェームズがその天才ぶりをろくに発揮しないまま死去したことを残念に思ったが、哀しむよりむしろ腹が立った。あれだけの才能を生かさずに終わるとは、不覚な人生ではないだろうか。

五十一歳になっていたメープルは、ジェームズの死の裏には何かある、と思ったようだが、「ほんとに残念」といったきり沈黙を守った。

ハイド・パークでの散歩と、ベンチでの会話もつづいた。話題はしだいに古くなる。一八五七年の出来事は十年前の笑い話になり、二十年前の想い出になった。ハイド・パークで遊ぶリスも、世代が変わっていったが、いなくなることはなかった。アメリカに渡ったマイケルとヘンリエッタのラッド夫妻のことも、楽しい昔話になった。いつしか世紀も替わって二十世紀がおとずれた。

チャールズ・ディケンズについては、以前にも書いたが、一八七〇年六月に五十八歳で亡くなった。情熱をそそぎこんだ探偵小説『エドウィン・ドルードの失踪』は未完に終わって、後世の文学界において、真犯人についての大論争を巻きおこす。あと十年、寿命があれば、さらにどれほどの傑作を遺《のこ》したことだろう。

愛すべき「タヌキ親父《カンニング・オールドマン》」ロバート・ミューザー氏は、親しかったディケンズの死後、気落ちしたようすだった。一八七二年、六十六歳になったのを機会に引退し、会社を長男のケネスにゆずった。亡くなったのは一八七六年のことである。

ケネス・ミューザーは、さいわいなことに私と気があい、他方では商売にあまり興味がなかった。かくして、四十六歳になっていた私が支配人補佐に昇格し、五十一歳で総支配人に上りつめた。退職したのは六十一歳のときで、一八八七年になる。貯蓄も充分にあり、恩給もあり、退職金も受けとったから、老後の心配はなかった。

メープルは一八九〇年、ちょうど五十歳まで「ミューザー良書倶楽部《セレクト・ライブラリー》」につとめたが、望まれて、イギリス女性作家連盟の事務局長に就任した。一九〇二年まで在職し、多くの女性作家のために出版社と交渉して印税問題をとりきめたり、若い作家志望者を育成したり、盗作問題を解決したり、と、大車輪の活躍ぶりだった。私はとくに趣味もなく、ぶらぶらのんびりと老後の人生を楽しんでいたが、メープルの助手を買って出て、いろいろと姪の仕事をてつだった。その間、夫のいる年上の女性作家に愛を告白されて逃げまわったのも、一九〇七年の現在《いま》となっては苦笑まじりの想い出である。

一八五九年に、マーサのいわゆる「隣家の鬼婆」ことカニンガム夫人が死去した。数人の遠い親族がやってきて、形ばかりの葬式をおこない、ごくわずかな遺産をうばいあった末に、家を売りはらった。十一歳のアンを、自宅に引きとろうという者はおらず、再就職に必要な推薦状を書いてくれる者もいなかった。

このままでは、アンは救貧院《ワークハウス》にいくしかない。

私は温室《コンサバトリー》の夢を断念し、預金をおろして、アンのために小さな部屋を増築した。

「メイドをふたりも雇うとは、えらくなったもんだ」

と一部の連中からは揶揄されたが、耳が遠くなったふりをしてやりすごした。文字をメープルに、家事をマーサに、それぞれ教わったアンは、なかなかの優等生ぶりを発揮して、役に立ってくれるようになったが、一八七一年、彼女に惚れこんだ靴屋の青年と結婚して家を出た。それでもよくわが家に顔を出したし、マーサが老いると、てつだいに来てくれた。彼女はふたりの男児にめぐまれたが、名づけ親になったのは私である。私自身には子どもがいないから、これは喜ばしいことだった。

すでに私は八十一歳。これほどの長寿にめぐまれるとは思わなかったが、近く天に召されることになるだろう。気にかかるのは、六十七歳になったメープルのことだが、多少の財産も遺《のこ》せたし、彼女を敬愛してくれる人も多いから、心配にはおよばないだろうと思う。第一、本人が、五十代にしか見えないほど若々しくて元気いっぱいだから、私がよけいな心配をする必要もあるまい。

さて、これで私はすべてを語り終えただろうか。語り忘れたことも多々あるだろうが、年齢に免じてお恕《ゆる》しいただきたい。つたない回想文を辛抱づよくお読みくださった方々に心から感謝して、永遠にペンを置くとしよう。

あとがき（第一部、第二部におなじ）

エドモンド・ニーダムを語り手とする「ヴィクトリア朝怪奇冒険譚《ヴィクトリアン・ホラー・アドベンチャー》」三部作は、ここに完結いたしました。つたない物語をお読みくださった多くの方々に、心より感謝の言葉を申しあげます。ありがとうございました。

もっと早く、読者の皆様のお手もとにおとどけする予定だったのですが、いつもの遅筆に加え、さまざまな想定外の出来事があり、永遠に書きあがらないのではないか、とガラにない心配をしながら、ようやっと完成したという気分です。二度と書けんな、という思いがしています。

登場する有名人としては、ルイス・キャロルとナイチンゲール、テニスン、ウィッチャー警部については予定どおりでしたが、ディケンズがこれほどたくさん出番があるとは思いませんでした。なんともエネルギッシュな人で、作者としてはコントロールするのがひと苦労でした。

ディケンズ以上に活躍したジェームズ・モリアーティに関しては、たくさんの考証や研究がありますが、たがいに矛盾もあり、この物語につごうのいい点を選んで結びあわせました。ご不満をお持ちのモリアーティ・ファンの方もいらっしゃると思いますが、お恕《ゆる》しください。

今回のタイトルは「水晶宮の死神」。したがって物語の舞台はロンドンとその近郊――具体的にはシドナム――にかぎられます。もっとくわしくロンドン市内を見てまわる必要があるな。そう思い、四回めのロンドン訪問を計画しましたが、事情があって、計画は挫折しました。

このときはほんとうにガックリしてしまい、しばらく仕事をする気をなくしたくらいです。いえ、じつは、ディケンズ・ワールドがちゃんと残っているかどうか、たしかめてみたかったんですけどね。今度いく機会があるまで、健在であってください。

さて、クリミア戦争から生命《いのち》からがら祖国へ生還したエドモンド・ニーダム君は、姪のメープルとともに平和な生活を送るはずでしたが、何の因果か、奇怪な事件に巻きこまれて、一年のうち三回も死にかけるはめになりました。これ以後は望みどおり、おだやかな人生を送ってほしいものです。

メープル・コンウェイ嬢はというと、これからが人生の盛り。どんどん人生の階段を駆け上っていくでしょう。とてもついていける男なんかいないぞ、ということで、筆者の判断から生涯独身――と思われますが、一九〇七年以降のことはわかりません。フランス大統領の奥さんは夫より二十四歳も年上ですしね。死ぬまで波乱万丈という気もします。さて、どうなりますことか。

十九世紀中期のイギリスなんて場所を舞台にして、さんざん苦労させられた作品ですが、愉しさが苦労を上まわりました。「いつもの仲間」と協力した愉しい作業でした。編集のM

さん、イラストの後藤さん、装幀の岩郷さん、校正の石飛さん、そして御厚意と応援をお寄せくださった金原先生。心より感謝をささげさせていただきます。

これをもちまして、エドモンド・ニーダム氏にならい、私も皆さんへの御礼とともにペンを置かせていただきましょう。

ディケンズ生誕二百五年五月

田中芳樹

追記

「ディケンズ・ワールド」は残念ながら二〇一六年一〇月に閉園となったそうです。悲しんでいる日本人は私ぐらいだろうなあ。

主要参考文献（第一部・二部との重複をのぞく／書名五十音順）

『アーサー王伝説』リチャード・キャヴェンディッシュ著／高市順一郎訳　晶文社

『イギリス社会史』G・M・トレヴェリアン著／藤原浩・松浦高領訳　みすず書房

『イギリス人はどう遊んできたか――「遊び」の社会史―娯楽に見る貧富の格差』ジョン・アーミテージ著／小山内洸訳　三友社出版

『偉人たちのロンドン図鑑――ブルー・プラークの楽しみ方―あの人はこの家に住んでいた』大塚勝弘著　新人物往来社

『偉人は死ぬのも楽じゃない』ジョージア・ブラッグ著／梶山あゆみ訳　河出書房新社

『イングランド社会史』エイザ・ブリッグズ著／今井宏ほか訳　筑摩書房

『ヴィクトリア朝文化の世代風景――ディケンズからの展望』松村昌家著　英宝社

『英国の幽霊伝説――フォト・ストーリー――ナショナル・トラストの建物と怪奇現象』シャーン・エヴァンズ著／村上リコ日本版監修／田口未和訳　原書房

『NHKテレビ版　シャーロック・ホームズの冒険』ピーター・ヘイニング文／岩井田雅行ほか訳　求龍堂

『怪物の事典』ジェフ・ロヴィン著／鶴田文訳　青土社

『変わるイギリス変わらないイギリス』石川謙次郎著　NHK出版

『恐怖の谷』コナン・ドイル著　阿部知二訳　東京創元社

『黒博物館　ゴーストアンドレディ』（上下）藤田和日郎著　講談社

『紅茶スパイ――英国人プラントハンター中国をゆく』サラ・ローズ著／築地誠子訳　原書房

『執事とメイドの裏表――イギリス文化における

使用人のイメージ』新井潤美著　白水社
『シャーロック・ホームズ家の料理読本』ファニー・クラドック著／成田篤彦訳　朝日新聞出版
『シャーロック・ホームズの思い出』コナン・ドイル著／延原謙訳　新潮社
『シャーロック・ホームズの倫敦』植松正春写真／小林司ほか構成・文　求龍堂
『シャーロック・ホームズへの旅』小林司ほか著　東京書籍
『書斎の旅人――イギリス・ミステリ歴史散歩』宮脇孝雄著　早川書房
『図説　アーサー王伝説事典』ローナン・コグラン著／山本史郎訳　原書房
『図説　アーサー王伝説物語』デイヴィッド・デイ著／山本史郎訳　原書房
『図説　英国レディの世界』岩田託子ほか著　河出書房新社
『図説　ディケンズのロンドン案内』マイケル・パターソン著／山本史郎監訳　原書房
『図説　不思議の国のアリス』桑原茂夫著　河出書房新社
『世界の龍の話』竹原威滋ほか編　三弥井書店
『ディケンズとともに』小池滋著　晶文社
『テムズ河ものがたり』岩崎広平著　晶文社
『武器――歴史、形、用法、威力』ダイヤグラム・グループ編／田島優ほか訳　マール社
『「不思議の国のアリス」の誕生――ルイス・キャロルとその生涯』ステファニー・ラヴェット・ストッフル著／笠井勝子監修／高橋宏訳　創元社
『ホームズのヴィクトリア朝ロンドン案内』小林司ほか著　新潮社
『マザーグースのカレンダー――唄でつづる12カ月』藤野紀男著　原書房
『ミステリ・ハンドブック　シャーロック・ホームズ』ディック・ライリーほか編／日暮雅通監訳　原書房
『ミステリ美術館――ジャケット・アートでみるミステリの歴史』森英俊著　国書刊行会
『ミステリー風味ロンドン案内2』西尾忠久著

東京書籍
『民衆の大英帝国——近世イギリス社会とアメリカ移民』川北稔著　岩波書店
『モリアーティ』アンソニー・ホロヴィッツ著／駒月雅子訳　KADOKAWA
『妖怪魔神精霊の世界——四次元の幻境にキミを誘う』山室静ほか著　自由国民社
『妖精の国の住民』キャサリン・ブリッグズ著／井村君江訳　筑摩書房
『ルイス・キャロル——Alice から Zénon まで』ジャン・ガッテニョ著／鈴木晶訳　法政大学出版局
『ルイス・キャロル物語』ロジャー・ランスリン・グリーン著／門馬義幸ほか訳　法政大学出版局
『ロマンス・オブ・ティー——緑茶と紅茶の１６００年』ウィリアム・H・ユーカース著／杉本卓訳　八坂書房
『ロンドン縦断——ナッシュとソーンが造った街』長谷川堯著　丸善
『ロンドン庶民生活史』R・J・ミッチェルほか著／松村赳訳　みすず書房
『ロンドン貧乏物語——ヴィクトリア時代呼売商人の生活誌』ヘンリー・メイヒュー著／植松靖夫訳　悠書館

本書は二〇一七年に刊行された作品の文庫化です。

検 印
廃 止

著者紹介 1952年、熊本県生まれ。学習院大学大学院修了。78年「緑の草原に……」で第3回幻影城新人賞を受賞してデビュー。88年『銀河英雄伝説』が第19回星雲賞受賞。《薬師寺涼子の怪奇事件簿》シリーズの他、『創竜伝』『アルスラーン戦記』『マヴァール年代記』など著作多数。

水晶宮の死神

2021年7月21日 初版

著 者 田《た》 中《なか》 芳《よし》 樹《き》

発行所 (株) 東京創元社
代表者 渋谷健太郎

162-0814/東京都新宿区新小川町1-5
電 話 03・3268・8231-営業部
03・3268・8204-編集部
URL http://www.tsogen.co.jp
萩原印刷・本間製本

乱丁・落丁本は、ご面倒ですが小社までご送付ください。送料小社負担にてお取替えいたします。

ISBN978-4-488-59204-2 C0193